小学館文庫

彼女の知らない空

早瀬 耕

JN019755

小学館

思い過ごしの空

「東京には本当の空がないって、誰《だれ》が書いた詩？」

十月のよく晴れた日曜日、食卓にいる理津子《りつこ》が思い出したように言う。長い残暑が終わり、窓を開けると心地好い風が部屋に入ってくる。ぼくは、キッチンでパスタを盛り付けながら、中学か高校の教科書に載っていた詩の出だしを答える。

「高村光太郎《たかむらこうたろう》。『智恵子《ちえこ》は東京に空が無いといふ、ほんとの空が見たいといふ』だったと思う」

「いまごろの季節の詩かな？」

理津子の問いかけに、次の一節を思い出そうとしながら、パスタを持って食卓に行く。部屋着の彼女は、ぼんやりと窓の外を眺めていた。十二階のリビングからは、「東京にも空があるよ」と言い返したくなりそうな青空が見える。

「春の詩だったような気がする」

詩の最後の一節「あどけない空の話である」は頭に浮かぶのに、智恵子にとっての「ほんとの空」がどこにあったのかを思い出せない。

「そっか……」

会話はそこで終わってしまい、静かな休日の昼食が始まる。

理津子とは、同じ化粧品会社に勤めていて、入社三年目に催された同期社員の懇親会で知り合った。ＴＶ会議のおかげで、都心の本社と、研究・開発部門、生産部門（工場）の社員が顔を合わせる機会はほとんどない。本社勤務のぼくは、百名足らずの同期社員で、顔と名前が一致したのは十名もいなかった。

初対面の理津子は、同期入社とは思えない、あどけない印象だった。化粧品会社に勤めて二年も経《た》つと無意識に女性の年齢が気になり、素肌が目立つ手や首元に視線がいってしまうが、彼女は二十歳前にしか見えなかった。けれども、ふたりで食事をするようになってから、理津子が都内の理科大学で修士課程を修めて、自分より二歳上だと知って、少なからず驚かされた。

その後、付き合って三年、夫婦として四年をともに過ごした。その七年間、彼女に隠し事をしてこなかったか、と問われれば嘘《うそ》になる。付き合い始めたころは、以前のガールフレンドと食事をするのを、学生のときの友人と飲みに行くと偽《いつわ》ったこともあるし、結婚後、家計をひとつにしてからは多少の使途不明金もある。それでも、一年が過ぎて打ち明ければ、笑い話になるようなことばかりだった。

それが、日曜日の食卓で世間話の最中に口を滑らせるのが怖くて、ろくな会話もできなくなるほどの隠し事をするとは想像もしていなかった。

「このカラスミ、パスタに合わせるにはちょうどよかったね」

「そうだね」

会話は、再び途切れてしまう。デパートの食品売り場で、安いカラスミを見つけて買ってみたけれど、ギリシャ産のそれは味が薄くて、日本酒のあてには向かなかった。カラスミとニンニクを合わせて炒《いた》める冒険をしてみると、ぼくの作れる料理の中では、上の部類に入るペペロンチーノができた。料理を褒められたのだから、もう少し会話を進めればよかったと反省する。

けれども、ぼくは、先週の水曜日から、理津子と顔を合わせると秘密を漏らしてしまいそうで、他愛《たわい》もない会話にさえ怯《おび》えている。

「本社で何かあったの？」

「何もないよ」

「研究所の誰かが、ヘッドハンティングされるとか？」

ぼくは、何も答えずに笑った。たしかに、本社のスタッフ部門に勤務する自分は、研究・開発部門の理津子に対して未発表の人事情報を話せない。三年前、「結婚もしたし、そろそろマンションを買おうよ」と言う理津子に、理由を言えずに反対した。ちょうど彼女の勤務する研究所の移転を計画中で、彼女が熱心に見ていたパンフレットに記されたマンションから、新しい研究所までは片道一時間半以上かかる。

しばらく険悪な雰囲気が続いたけれども、時間が解決してくれた。翌年、研究所移設のニュースを知った彼女は、「この程度のことなら、あのとき、言ってくれればよかったのに」と笑っていた。そうは言われても、研究所の新設・移転は一時的にバランスシートを悪化させる。理津子の友人や親戚が、ぼくたちの勤める会社の株を持っていることだって考えられる。同じ企業に勤めているからこそ、スタッフ部門と研究・開発部門では、共有できないこともある。

ただ、いまのぼくは、理津子に秘密を話してしまいたいのかもしれない。ぼくのわがままな部分が、妻であり信頼できる友人としての彼女に秘密を打ち明け、肩の荷を降ろすことを願っている。

「理津子は、どうして、いまの会社に入ったの？」

「何？　突然」

「なんとなく……」

「まぁ、化学専攻の院卒で、有名企業って限られているからね」

そのとおりだと思う。業界のリーディング・カンパニではないけれども、日本でTVやインターネットを見る習慣のある人なら、誰でも名前を知っている企業だ。

「カズちゃんは？」

「内定をもらった会社の中では、業績に浮き沈みのないメーカーだったから、かな？」

「そうだよね。戦争でも起きなければ、景気に関係なく、女は化粧するものね」

（女性の欲求は、戦争にも負けないけれど……）

理津子は、七十年前の財務諸表に興味がないのだろう。WWⅡの末期でも、ぼくたちの勤める企業の業績は悪くなかった。売上高は多少落ちたが、利益率は落ちなかった。たぶん、次に戦争が始まっても、女性は（もしかすると兵士として戦場に駆り出される男性も）日焼けを気にするだろうし、寝る前に化粧水や乳液をつける習慣をやめないだろう。それをしないのは、「経皮での化学物質の効果なんて限定されているからね。それよりは、温かい食事をとって睡眠を十分にとるほうが、美容にはずっといいんだよ」と言う理津子くらいだ。

否……。今度、戦争が始まれば、業績は良くなるかもしれない。そのことを彼女に伝えられない。もし伝えれば、彼女はどんな顔をするのだろう。理津子は、ぼくを、そして彼女自身を許せるだろうか。

食卓の会話を、正月明けの旅行の話題に変えようとすると、習慣でつけたままだったTVがシリア情勢を伝え始める。いずれかの勢力が化学兵器を使い、政府側も反政府側も、それぞれに類する勢力も、お互いに相手を非難していた。

二十歳になったころからだろうか、世界各地で報道される戦争や紛争のニュースを見ても、誰と誰が、何のために争っているのかが分からなくなった。それまでだって、大学受験用のステレオタイプの回答しか持ち合わせていなかったのかもしれない。宗教対立なのか、領土問題なのか、化石燃料や鉱物の利権争いなのか、それさえも答えられなくなった。ぼくが言えるのは、人殺しをする「正義」に加担したくないということだけだ。

「そういえば……。高三のとき、化学を専攻したいって言ったら、父に反対された」

食事どきに血まみれの映像を見せられるのがいやで、ザッピングを始めたぼくに理津子が言う。

「どうして？」

「父は、戦争が始まったら、化学者は真っ先に軍に利用されるって言っていた」

「そのとき、理津子は、何て反論したの？」

「ジュネーヴ議定書で化学兵器の使用は禁止されているって反論した」

「化学兵器の開発だけが、化学者の仕事じゃないよ」

「父も同じようなことを言ったから、そんな簡単に戦争が始まるわけないって言い返した」

理津子は、そう言って、また窓の外に視線を向ける。シリアの映像を見てしまったせいだろうか、寂しそうな顔をしている。

「無邪気だったよね。戦争なんて、ほんのちょっとしたきっかけで、簡単に始まっちゃう。ジュネーヴ議定書を逸脱したって、報復攻撃が激しくなるだけ……。でも、十八のころは、本当にそう思っていた」

彼女は、垣間見《かいまみ》せた寂しそうな表情を隠すように笑顔で言う。

「でもね、マスターで就職活動を始めたときに、父の言葉を思い出した。いまの会社にしたのは、それもあったかな。いまの会社は、化学兵器の開発には向いていないからね」

「そう？」

「人間どころか、ウサギも殺さない」

理津子が冗談めかして笑う。

多くの化粧品会社が、商品化に際して動物実験を行ってきた。ＥＵ域内では、すでに化粧品開発での動物実験が禁止されているが、日本国内の消費者は、その現実を気にしない傾向にある。ぼくたちの勤務先は、グローバリゼーション戦略として、動物実験をしないことを売り文句にしている。化学専攻だった理津子にとっては、ラットや小動物を実験に使うのは、それほど抵抗がないのかもしれない。何かのときに「太るからといって肉を食べ残したり、汚いという思い込みだけでゴキブリを殺したりするんだから、実験動物を殺さないことなんて、人間の驕《おご》りだと思う」と言っていた。

「まぁ、そのおかげで、戦争が始まっても、わたしもカズちゃんも、お給料が下がるくらいで済む」

「ぼくは徴兵されるかもしれない」

「そんなこと、真顔で言わないで」

「そんな顔した？」

「しているよ。まるで、明日にでも戦争が始まるのを知っているみたいな顔」

隠し事が顔に出てしまったのだろうか。ひやりとしながら食卓を立って、コーヒーメーカーをセットする。

「もし戦争が始まっても、カズちゃんは、軍隊に向かないよ」

「自覚している」

「非国民って罵《ののし》られても、徴兵を拒否して、ふたりでつましく生きていこうね」

ぼくは、何気ない会話を装ってから、彼女にうなずいた。

美容室に行くと言う彼女を見送って、バラエティ番組を映していたTVをCNNに合わせる。十五分と待たないうちに、シリア情勢の報道に変わる。アメリカは、政府側組織が化学兵器を使用したと主張し、被害者のただれた肌を強調するようにカメラを回す。地中海を渡ってきた風が吹いているだろう乾いた青空が、瓦礫《がれき》の向こうに見える。画面から目を逸《そ》らして、東京の青空を眺めた。

「東京に空が無いといふ……か」

ぼくは、ソファに寝転がって、スマートフォンで高村光太郎の詩を探す。

——桜若葉の間に在るのは、

——切つても切れない
——むかしなじみのきれいな空だ。

著作権が切れた書籍を見られる無料サイトでは、『智恵子抄』の全文を読むことができる。

（春というより初夏の詩か……）

「昭和三・五」との付記がある詩を読みながら思う。詩人は「切つても切れない」と言っているが、戦前の空は、公害の理念も希薄で、二十一世紀のいまみたいにきれいではなかったかもしれない。ぼくは昭和三年（一九二八年）ごろの出来事をスマートフォンで調べる。日本が国際連盟を脱退する五年前、日中戦争のきっかけとなった盧溝橋《ろこうきょう》事件が起こるおよそ十年前だ。画家でもあった詩人の妻は、その鋭敏な感性で、遠い軍靴《ぐんか》の響きを聞き、軍用機に切り裂かれる東京の空を見たのかもしれない。

地中海に面した邦《くに》のように、ほんのちょっとしたきっかけで、東京の空にも戦闘機や偵察機が飛び交ってしまうことも考えられる。明日ではないにしろ、一年後、日本が紛争当事国になっていないと、誰が明言できるだろう。為政者《いせいしゃ》がどんなに専守防衛を訴えても、政府は攻撃用としか思えない軍備を増強している。「攻撃型空母は保有しない」と言っても、垂直離着陸が可能な戦闘機と、広い甲板《かんぱん》のある艦船を有している。過剰な防衛軍備は、隣国を囚人のジレンマに陥《おとしい》れているのと変わらない。

そして、次の戦争に加担するのは、ぼくではなく理津子のほうだった。

研究・開発部門で、理津子の所属するチームが、新しい日焼け止めクリームを開発した。日焼け止めクリームには、水や汗で流れてしまう欠点がある。プールによっては、水質汚濁を理由に、クリームを塗ったままの遊泳を禁止している。そこで、一定条件下で非水溶性あるいは疎水性を保つ日焼け止めクリームを開発するのが、彼女たちのプロジェクトの目的だった。もちろん、皮膚への影響があってはならないので、体温以上の温水で簡単に洗い流せることが条件だ。そして、試作品開発だけであれば、彼女たちのチームは課題をクリアした。

ただ残念なことに、その日焼け止めクリームは、合成した化学物質の粒子が粗く、量産コストの見積りも計画を上回ったので、商品としては失敗作だった。理津子は「鮫肌《さめはだ》フェチのカップル向けの日焼け止めとしてなら売れるかも」と笑っていた。研究・開発部門にはよくあることで、彼女もそれを気にしていない。研究・開発部門が「この製品は画期的だ」と言い張っても、商品企画部門からすると他社製品との差別化を感じられなかったり、量産コストが見合わなかったりすれば、本社は特許申請にだけ対応して、そのプロジェクトにストップをかける。

その逆もある。女性向け化粧品では一般的だった商品の香料を替えるだけのプロジェクトは、研究・開発部門から「そのわずかな変更のために、影響チェックをする身にもなってほしい」と文句を言われる。商品企画部門は、その声には耳を貸さずに、それを高額な男性向け化粧品として商品化する。ぼくの使っている二千円の洗顔フォームがそのいい例だ。理津子は、「それ、わたしの使っている四百円のと成分は変わらないよ」とあきれた顔で他社製品を勧める（ぼくだって顔を洗うのに二千円もする石けんを使いたくて使っているわけではない）。

けれども、その試作品は、コストを気にしない組織にとって「発明」だった。

透明なレーダー波吸収塗料。

レーダーに映りにくいステルス軍用機は、塗料の色が限られているそうだ。「そうだ」というのは、ぼくたちの勤める企業に軍事技術の知識がなく、画期的な「発明」だと、新しい取引先が教えてくれたからだ。

無人偵察機では、射出座席の不要性からエンジンや背面（腹側のような気もするが、地面側を背面と称するらしい）などの機体デザインの自由度が高いとのことだった。偵察機は、できるだけ低空から目標物を撮影したいが、レーダーに対するステルス性を高めても、高度を下げれば相手に目視されてしまう。そこで、偵察機の背面に液晶ディスプレイを配置し、天候に応じて機体の色を変化させるアイディアがあった。地面とは反対側にカメラを付け、背面の画像を調整すれば、レーダーだけでなく、目視でも確認できない空に溶け込む偵察機ができる。その実用化のために、「透明なレーダー波吸収塗料」が必要とされていた。

上司から、事業計画を策定するように指示されたときには、すでに「発明」の守秘義務契約が締結されて、取締役会で企画書の原案が承認されていた。渡された資料の写しでは守秘義務契約の相手が黒塗りになっていて、社内の関係者以外に資料の内容を話してはならないことだけが、誰かによって決められていた。

「俺も初めて聞いたが、こういったことを『スピンオン』と言うそうだ」

ふたりだけの会議室で、上司が企画書の原案を差し出して言う。

「こういったこと、というのは？」

「軍事技術を民間に転用するのがスピンオフ。このケースはめずらしくない。コンピュータがいい例だし、真偽はともかく、これもそのひとつだと言われている」

彼は企画書を綴《と》じたホチキスを指差した。ぼくも「ホチキスは、機関銃の構造をもとに発明された」という話を耳にしたことがある。ぼくは、「厳秘」と記された企画書をめくりながら、上司の説明を聞いた。企画書には、用途を「無人偵察機」と記しているが、そんなわけはないだろう。無人偵察機に利用できる技術が、戦闘機や爆撃機に使われないはずがない。高度なトレーニングを要するパイロットが乗る軍用機にこそ利用したい技術であることは、素人《しろうと》にも想像できる。

「その逆、つまり、民生技術の軍事転用を『スピンオン』と称するらしい」

上司の言葉は、言外に「こんなことを押し付けて悪いな」という気持ちが混じっているように聞こえた。そう感じなければ、ぼくは、彼に次の科白《せりふ》を言い返せたかもしれない。

『組合にも伝えずに、兵器産業に転換するんですか?』

軍需産業か否かの境界はあやふやだ。これまでも、兵士の露出した顔をカモフラージュするために迷彩色のファンデーションの納入を依頼されたことがある。自衛隊にかぎらず国内外の軍事組織は、食品メーカーからは携帯食を、スポーツ用品メーカーからは透湿性に優れたレインウェアを調達している。けれども、兵器そのものに応用される技術を提供することには、どうにも抵抗があった。

ぼくが事業計画を任された技術は兵器に特化したものだ。兵士が移動するためのオフロード用車両やトラックを作るのと、戦車を作るのとでは大きな差があるのと同じだ。

あるいは、自分が何も期待されていないお荷物社員だったら、そう言えただろう。けれども、売上が確定していて、宣伝費までを考慮した管理会計では原価率が良く（自社の営業費用は、他の製造業とは比べものにならないくらい高い）、商品イメージに採用した女優が不倫問題を起こす心配もない。簡単に言うと、ほぼ失敗しないプロジェクトの事業計画を任される時点で、ぼくは、そう言わない中堅社員として期待されていた。目の前の課長だけではなく、彼の上司、そのまた上司くらいまでが、そう考えているのだろう。

もしかすると、ぼくの母の仕事も関係したのかもしれない。母は化繊メーカーの役員だ。当然のことながら、母は「厳秘」や「社外秘」と記された文書の取り扱いにも慣れているだろうし、実家で母の勤務先の書類を見かけたこともない。そういった家庭で育ったロイヤリティの高い社員、というのが、ぼくへの評価なのかもしれない。

ＣＮＮは、日米間の貿易不均衡のニュースに変わっている。一台が二万ドル程度の自動車を売っている代わりに、六機で十億ドルもする戦闘機を買うのだから、そう騒ぎ立てる必要があるのかと思う。「一機あたり一億五千万ドルとして、自動車何台分だろう？」と計算しようとしたときに、その一億五千万ドルのうちのどれくらいが、理津子の開発した塗料の費用なのかと考えてしまう。

理津子は、良くも悪《あ》しくも無邪気だ。聡明《そうめい》で優しい。ときどき、歳上《としうえ》にしては幼稚に感じてしまうくらいに素直で邪気がない。自社が、二年連続で増収減益の決算を発表しても、「売上が上がっているんだから、いいことだよね」と笑う（減益の一因は研究所を新設したばかりの減価償却費なので計画とおりのものだった。けれども、彼女は投資家向けの資料を読んでいないし、減価償却の原価計算も覚えていない）。

その反面、理津子は、子どものような残酷さも持ち合わせている。ぼくたちには共通の上司がいなかったので、結婚式の媒酌《ばいしゃく》をぼくが大学で師事した教授に依頼した。その挨拶《あいさつ》に出掛けた際、教授宅の居間に象牙《ぞうげ》製の置物があった。それを見た理津子は、「国際取引禁止前に輸入されたものだとしても、装飾品として使用すべきではないと思います」と容赦なく言ってしまった。彼女は、象牙を装飾品として重宝するかぎり、違法な取引がなくならないと考えたのだろう。ぼくもそう思った。けれども、高齢の両親と暮らす教授には、それを片付けられない理由があるかもしれないし、なにより、彼に不愉快な思いをさせたくなかった。彼女のひと言で、媒酌はぼくの上司に依頼することになってしまった。

理津子は、ぼくがゼミの同窓会に出席しにくくなったことには謝ってくれたが、自分の発言を取り消すことはなかった。彼女の無邪気さは、簡単に自分の考えを否定したりしない。

ぼくが何も言わなければ、彼女は、自分の技術が戦争に加担したとは考えもしないだろう。彼女に嘘をついているなんて思わなければいい。ぼくも理津子も、ただ与えられた業務をこなしているだけで、遠い邦の戦争に加担するのは会社の経営者たちだ。そう考え直そうとしても、理津子の無邪気な笑顔がぼくを責める。

それでも辞職する勇気はなかった。理津子は技術者だから、何とかなるだろう。けれども、三十代の総合職を雇ってくれそうな会社を、ぼくは思いつかない。

――非国民って罵られても、徴兵を拒否して、ふたりでつましく生きていこうね
理津子がそう言ったのは、「戦時下だったら」という条件付きのことだと思う。徴兵や軍事徴用に反対する人はマイノリティかもしれないが、どんな国のどんな時代にも、一定数はいる。けれども、平和だと思い込んでいる国で、詳細な理由も言えずに「勤務先の経営方針が合わなかったので、再就職先を探しています」と言っても、相手にしてはもらえないだろう。自分が採用担当だったら、そんな三十代の社員との面接では、「どんな企業も、市場に合わせて経営戦略を変化させます。社員

の意のままに動く企業はありません」と門前払いをする。あるいは、入学後に防衛省からの助成金を受けることに方針転換した大学の在学生が、それに反対して中退しても、たぶん採用は難しい。企業が求めているのは体制に従順な学生だ。

結局、ぼくは、理津子に秘密を隠し続けなければならない。

ぼくは、なんとなく手に持ったままだったスマートフォンで、無人偵察機のことを検索する。どの機種に理津子たちの「発明」が使われるのかは分からなかったが、たまたま検索でトップに出てきた「RQ－4グローバルホーク」という名前の無人偵察機は、本来であれば操縦席がある部分に衛星通信機器を搭載していて、眼球が退化した深海魚を想像させた。意外なことに日本でも導入が決まっている。航続距離二万キロということは、東京を起点とするとユーラシア大陸のほとんどを往復できる性能だ。そんな範囲の偵察が専守防衛の何に必要とされるのだろう。インターネットサイトの解説には「偵察機能に特化している」と記されているが、本当にそうなのだろうか。

理津子は深海魚みたいな異形《いぎょう》の兵器に自分の技術が応用されると知ったとき、どんな顔をするのだろう。ぼくは、スマートフォンをローテーブルに置いて、ソファから晴れ渡った十月の空を眺めた。

ぼんやり時間をやり過ごしていると、理津子からショートメールが届く。
《美容室を早めに終わらせたので、デートしない？》
壁の時計を見ると二時過ぎだった。冬物の買い物に付き合うか、散歩でもして、夕食は外でとるのも悪くない。
《うん、いいよ》
《かはくで待っている。どれくらいで来られる？》
《無精髭《ぶしょうひげ》のままでよければ、3時には着けると思う》
《了解》
ぼくは、ソファから起き上がって、部屋着からジーンズとパーカーに着替える。
理津子は、かはくが好きだ。小学生のころから好きだったのだという。彼女と知り合って、五回ほど食事に誘ったり誘われたりした。六回目の食事の際、ぼくは、彼女に恋愛の対象として付き合ってほしいと告げるつもりだった。本社に近いイタリア料理店で、食後のアフォガートにスプーンを入れながら、その話を切り出そうとした。
「今度、会うときは、……」
「ちょっと待って」
理津子は、両手を突き出して、ぼくの言葉をさえぎる。その姿を見て、「そういうつもりで、食事に付き合ったんじゃない」という科白を予想した。二歳上の彼女は、二十七歳だった。恋愛の先には結婚を考えていただろう。歳下は結婚相手として対象外という女性もいる。それに、ふたりともひとりっ子で、結婚相手に姓の変更を求めることだって考えられた。

「迷惑だったら……」

「そうじゃなくて、わたしの予想なんだけれど、これから告白しようとしている？」

どんな対応をすればいいのか分からなかった。首を横に振るわけにもいかないし、うなずけば、それで告白は終わる。

「そういう重要なことって、もっと、ふさわしい場所でしてほしいの」

「ふさわしい場所って？」

「カハク。まぁ、あそこは親子連れが多くて言いにくいなら、せめて、リダイのシリョウカン」

「カハクとかリダイって、どこのお店？」

ぼくは、中華レストランのような名前を並べられて戸惑う。その夜は、社内の休憩室に並んでいる女性誌で、それなりのリストランテを選んだつもりだったけれど、理津子にとっては、そうでもなかったらしい。化粧品会社だけに、同僚の女性社員は流行に敏感だ。「雑誌に載るような店に誘う男って、芸がない」という雰囲気もある。けれども、理津子はそんなタイプに見えなかった（それが、好感を持った理由でもあった）。

「カハクを知らないの？」

　ぼくは、残念な気分で首を横に振った。

「カハクっていったら、国立科学博物館しかないと思うけれど……」

　国立科学博物館のどこらへんが、二十代の男女が恋愛を始めるのにふさわしいのか、ぼくは困惑した。

「リダイっていうのも、どこかの博物館？」

「わたしの卒業した大学」

　言われてみれば、その略語は知っていた。「シリョウカン」というのは暖簾《のれん》分けをした店の名前ではなく「資料館」だとも気づいたが、脈略がなくて結びつかなかった。

「須田《すだ》さんには、そういう場所が告白にふさわしいの？」

「あのね、かはくには、現時点で正しいとされる研究成果とその応用物がそろっているの。だから、嘘をつきにくいでしょ」

　理津子の希望を叶《かな》えるために、ぼくたちが付き合い始めるのは週末まで延期された。科学博物館のフーコーの振り子の前で待ち合わせ、振り子の下にある時刻盤で、正午のLEDランプが点灯したら告白してほしいという理津子の追加の要請も聞き入れた。

「わたし、ここで好きな人と付き合い始めるのが、中学のころからの希望だったんだよね」

振り子の下の十一時五十分のLEDランプが点灯すると、理津子が屈託のない笑顔で言うので、ぼくは苦笑した。

（もう、わざわざ、「付き合ってほしい」って言う必要はないよな）

結婚のプロポーズも同じ場所がいいのだろうと思って、かはくに誘った。そのときも、十一時五十分のLEDランプが点灯すると、理津子は待ちきれない様子で声をかけてきた。

「ここで待っているってことは、何か話があるんだよね？」

「まぁ……」

「わたしの予想なんだけれど、その話がプロポーズなら、そろそろ、指輪を出さないと、正午に婚約指輪をはめられないよ」

そう理津子から言ってくれたので、実質、付き合い始めた告白も、プロポーズも、ぼくは彼女に先導されただけだった。

付け加えると、結納は断られて、「そんなお金があるなら、ふたりでかはくの賛助会員になって連名プレートを掲示してもらおうよ」と言われた。そのときは「安上がりな結納だな」と思ったけれども、それから毎年、二名分のゴールド会員の個人会費を払っているので、安い買い物ではなかった。代わりに、科学博物館には「橋本《はしもと》　理津子・和博《かずひろ》」というプレートが毎年掲示されて、ぼくたちが夫婦であることを証明してくれている。

上野《うえの》駅の公園口から科学博物館に向かうと、西洋美術館の入り口に長い行列ができている。ぼくは、ル・コルビュジエの建築物を眺めながら、人混みをかき分けて、科学博物館に向かった。銀杏《いちょう》が黄色く染まり始めていて、青空を際立たせる。会員証を提示して常設展示場に入館し、フーコーの振り子の横で、理津子にメッセージを送る。

《いま日本館の入り口にいるけれど、どこにいるの？》

《ハーブガーデン》

めずらしいところにいるなと思いながら、エレベータで屋上に行く。館内に比べると、子どもが楽しめる体験型の展示が少ないせいか、屋上のハーブガーデンは日曜日でも静かだ。東京スカイツリーが、澄んだ秋空に突き刺さるようによく見える。理津子は、ハーブガーデンに隣接したウッドデッキで、椅子《いす》に浅く座って空を眺めていた。彼女は、ぼくが学生のころに穿《は》いていたジーンズに（就職してからきつくなったので理津子に譲ったジーンズだ）、ギンガムチェックのシャツを着ていた。出掛けたときの理津子の服を覚えていないけれども、彼女は旅行以外でぼくと外出するときはスカートが多いので、今日はぼくと会うつもりはなかったんだなと想像する。髪が背中に流れてしまっていて、どのくらい切ったのか分かりにくい。

「お待たせ」

「ううん、呼び出したりしちゃって、ごめんなさい」

理津子が、椅子に座り直して姿勢を正しても、髪を切ったのかどうか分からない。

「髪、あまり変わっていないね」

「うん、トリートメントをしてもらっただけだから……」

ぼくは、ヘアスタイルの変化を見抜けなかったことを正直に言ってよかったと思う。彼女は、また空を見上げる。風に流されて崩れかけた飛行機雲が一本だけ見える。

「ほんとは、金髪のベリーショートにしようと思っていたんだ」

理津子の声が、なんだか寂しそうに聞こえる。

「いまのヘアスタイル、似合っていると思うけれど」

「だから、思いっきり短くしようと思った」

飛行機雲が青空に溶け込むまで、沈黙があった。わたしは、髪さえ切れない。

「カズちゃんに『徴兵を拒否してほしい』なんて言いながら、わたしは、髪さえ切れない」

昼食時の会話が、理律子を傷つけてしまったのだろうかと不安になる。女性がヘアスタイルを変えることに、ぼくは理由を感じないけれど、出会ってから七年間、理律子は一度もヘアスタイルを変えていない。

「何かあったの？」

「うーん……、研究所には研究所なりに言えないことがある」

理律子は無邪気だと思う。そう言ってしまった時点で、秘密は秘密ではなくなってしまう。

もしかすると、理律子は自分たちの「発明」を知っているのかもしれない。少し考えれば、試作品を生産ラインに乗せるまでは、彼女たちの協力が不可欠だ。新しい取引先からすれば、いま、そのチームを他社や他国に渡すわけにはいかない。それを、本人たちには伝えずに、製品化するのは至難の業《わざ》だろう。

「抱えきれないことがあるなら、話したほうが楽になる」

ぼくは、自分の抱えた秘密には触れずに、ずるい言い方をしてしまった。彼女の言うとおり、ここは「現時点で正しいとされる研究成果とその応用物がそろっている」博物館の屋上だ。小賢《こざか》しい会話にはふさわしくない。

「ごめん……」

「なんで、カズちゃんが謝るの？」

ぼくは何も言えなくなる。理津子の「研究所には研究所なりに言えないこと」が、自社製品のスピンオンの件かどうか分からない。もしかすると、スタッフ部門とは関係のない話かもしれない。できれば、そうであってほしい。たとえば、自社では動物実験をしていないと言っても、新しい原料や合成物質を使うとなれば、国内外の大学に研究協力という名目で費用を払い、影響チェックを外注している。研究・開発部門の管理職と、契約事務を行うスタッフの間では周知の事実だし、いくら無邪気な理津子でも、まったく気づいていないということはないだろう。気づいているとしても、たぶん、彼女はそのことに罪悪感を持たない。彼女の持つ残酷さは、それを必要悪だとも思わないはずだ。

それでも、ぼくは、理津子が何かに悩んでいるなら、彼女を楽にしてやりたかった。夫だからとか、男だからとか、というわけではなく、ぼくは彼女の無邪気さを守っていきたい。

「ぼくの母は、化繊メーカーに就職したはずだった」

理津子は、空を見上げていた視線をぼくに向けて、不思議そうな顔をする。駆け落ちのような結婚をしたわけではないので、お互いの両親の勤め先も職階も知っている。

「そういう意味じゃなくて、はず、だったんだ」

「知っているよ」

理津子は「そうだね」とだけ応《こた》える。ぼくの言いたかったことが伝わったのか、彼女の表情からは分からない。ぼくたちが結婚したとき、化織メーカーに勤務する母は、すでに品質保証部門の責任者に昇格していた（CEOに似た三文字の略称があったが忘れてしまった）。それ以前の母の業務を、理津子に言った覚えがない。

「小学校二年のとき、両親にルイ・ヴィトン・カップに連れていってもらった。初めての海外旅行だった」

「ルイ・ヴィトン・カップって、何？」

「ヨットのアメリカズ・カップの挑戦艇を決めるレース。特別扱いの招待客で、観戦用のヨットに乗って、レースを間近に見られた」

理津子は、黙って話の続きを待っているようだった。軍事と同じように、機材が勝敗を左右するスポーツは、ときにコストを度外視した技術を要求する。付け加えるなら、そのどちらも、現場にいる人の健康を軽視する（軍隊でもスポーツでも、要求される成果のためにドーピングをする）。Ｆ１やヨットレース、ボブスレイが機材スポーツのいい例だし、映画『ブラッド・ダイヤモンド』の劇中では少年兵の罪悪感をなくすために薬物を投与している。軍事と機材スポーツの違いは、レギュレーションの有無くらいだろう。

「父から、『あのヨットは、お母さんの会社も製造にかかわっているんだ』って教えられて、子ども心に得意になった。そのころ、母は四国の工場に単身赴任をしていたし、ちょうど、日本がルイ・ヴィトン・カップに初挑戦をした年で、ぼくは、父が指差したのは日本チームのヨットだと思っていた」

「小学生のカズちゃんって、可愛《かわい》かったんだろうね」

たぶん、理津子の言葉に「無知ゆえの可愛さ」という意図はないだろう。彼女は、こんな会話で嫌味を言わない。

「子どもだったからね。父が指したのが、別の船体の素材だとは知らなかった。理津子だったら……」

「わたしだったら？」

「もし、ぼくたちに子どもがいて、理津子だったら、ヨットレースに子どもを連れて行く？」

母が製造に携《たずさ》わった炭素繊維は、あまりに軽く、強度も十分だったので、いまではアメリカズ・カップのレギュレーションで使用を制限されている。その優秀な炭素繊維が何に使われているのかは、理津子ではなくても知っている。

頭の後ろに手を組み、目をつぶって顔を天に向けると、まぶたの裏が赤く染まる。

「連れて行くよ」

短い沈黙のあとに、理津子が言う。予想とは逆の答えに、ぼくは、何も言えなかった。彼女が自分たちの「発明」のその後を知っていると考えたのは、思い過ごしだったかもしれない。それならそれでいい。研究所内の問題が片付けば、彼女は再び屈託なく過ごせる。

理津子は、ぼくが何も言わないのを待っていたかのように言葉を続ける。

「トゥールーズ（フランスの航空産業の中心都市）の航空ショーとかになるのかなぁ……。それで、わたしから言うのはいやだから、カズちゃんに『あの飛行機はお母さんの発明した技術がかかわっているんだよ』って言ってもらう」

思い過ごしであってほしいというぼくの願いは、あっさりとくつがえされる。目を開けると、新しい飛行機雲が青空を横切っていく。

「そっか……」

「カズちゃんは、ウサギも殺さない化粧品会社に就職したはずだったのに、ごめんね」

「理津子が謝ることでもない」

ぼくは、飛行機雲の先端に機影を探すけれど、それを見つけられない。

「あんなものを作る気は、なかったんだよ。信じてほしい」

「うん、分かっている」

椅子に座り直して、理津子を見る。彼女は、泣くのをこらえている子どものような顔をしていた。この博物館で、そんな彼女を見たくなかった。

「無人兵器なんて最低……」

「少なくとも兵士は死なずに済む」

ぼくの慰めは、聡明な理津子には通用しなかった。

「お金のある国は無人兵器で人を殺して、お金のない国は未亡人や誘拐した子どもに薬物を使って自爆テロをやらせる。化学なんか専攻するんじゃなかった」

ぼくは、何も言い返せなかった。以前、理津子が「日本の最も下劣な輸出文化は『カミカゼ』だね」と中東のニュースを見ながら言っていたことを思い出す。ぼくもそう思うし、その対抗兵器の製造に自分たちがかかわるとは思っていなかった。

「戦争に協力したくない……」

理津子が、絞り出すような声で言う。

「知っている」

「アイディアがあれば、発明の半分は終わっているようなものだって……。透明なステルス塗料は、どこの国でも実現しようとしているし、たまたま、わたしたちのチームが最初にゴールに着いただけだって説得された」

理津子を説得した誰かの言うとおりだと思う。金属より軽くて丈夫な素材は、誰でもほしい。同じように、ディック・ブルーナやウォルト・ディズニーのデザインしたキャラクタの鞄《かばん》を子どもに持たせた親子連れは、開発過程でウサギを千羽殺した化粧水よりも、ウサギもラットも殺さないメーカーの商品を買いたいと考えるだろう。ただし、後者の商品が「他社製品と同じ価格帯ならば」という条件を満たしていればのたとえ話だ。

たまたま、母の勤めていた化繊メーカーが、コストを度外視する組織の需要に応えて、量産化の一番乗りをしただけだ。

ぼくは、周囲を見回した。テーブルをひとつ空けて談笑している夫婦は、売店で買ったホットドッグを小さな子どもに食べさせるのに夢中で、ぼくたちの会話を聞く余裕はなさそうだった。けれども、テーブルを挟んで話すのは気が引けて、席を立ち、理津子の後ろに回って、しょんぼりした肩に両手を置いた。

「ぼくも同罪だよ。研究所が倫理的に間違った研究を始めたとき、本来なら、それを止めるのが、ぼくの仕事だ。でも、上司に何も言えなかった。『こんな簡単に、兵器産業に転換してもいいのか?』って問い質《ただ》せなかった。謝らなきゃならないのは、ぼくのほうなんだ」

　理津子は、何も応えてくれなかった。

「ぼくたちがお金を預けている銀行は、重工業企業にも融資をして、それで戦闘機や潜水艦を開発しているかもしれない。去年買った自律型掃除機は、あの上に機関銃を載せられる。同じ機能の掃除機で日本製よりも高かったのは、別の目的の研究・開発費が上乗せされているせいかもしれない。マンションに据え付けられているエアコンだって、砲弾メーカーの製品だ」

　他の例を探しているうちに、理津子がぼくの言葉を終わらせる。

「だから？」

「だから、もうとっくの昔に、戦争に協力していたのかもしれない」

　何も言わない理津子を、そのまま抱きしめたかったけれど、人目が気になった。

「カズちゃんは、いまさら、懺悔《ざんげ》をしても手遅れだって言いたいの？」

「違う。そんなことを言いたいんじゃなくて……」

　けれども、ふさわしい言葉が見つからない。

「何も知らないよりは、ましだね」

　理津子が代わりに言う。

「ぼくから打ち明けるべきだったのに、ごめん」

「カズちゃんは、いつ知ったの？」

「先週の水曜日。四日前……」

「それなら、わたしの罪のほうが重い」

抱きしめられない代わりに、理津子の髪をなでた。

「もう帰ろうか」

ぼくの提案に、理津子が席を立つ。科学博物館を出るときは、いつもそうするように、ふたりの名前が記されたプレートがある賛助会員一覧の壁の前に立つ。理津子に連れられて初めてそれを見たときも思ったが、団体会員になっている大企業は思いの外に少ない。個人会員に比べると団体会員の会費は高額だが、それでも百万円の単位だ。その経費を惜しむのは、自分たちの子どもに見せたくない製品を作っていると、ここでは後ろめたさを感じるせいだろうか。

素知らぬ顔をしながら戦争に協力してしまうぼくたちは、「橋本　理津子・和博」のプレートを掲示する資格を失っているかもしれない。そう考えて、ぼくは、理津子の隣でうなだれてしまう。

「ひとつだけ、正直に答えて」

理津子が、ぼくたちの名前が記された銀色のプレートを見ながら言う。

「ここでは、嘘をつけない」

「そうだね……。カズちゃんは、大人になって、お母さんを嫌いになった？」

「ずっと、自慢の母だよ。これからも、同じだと思う」

「よかった……」

理津子は、そう言うと、ぼくの手を引いて出口に向かう。シロナガスクジラの実物大模型を見上げると、また飛行機雲が青空を横切っていく。

「今日は、飛行機雲が多いね」

理津子も、ぼくと同じように、飛行機雲の先端が気になっていたのかもしれない。

「ここらへんだと、成田《なりた》から飛び立った旅客機かな……」

並んで空を見上げる。

「いままで気にならなかったけれど、機影って、案外見つけられない。高度が高いせいだけかな？」

機影が見えないのは、理津子の思い過ごしであってほしい。

アイディアさえあれば、発明の半分は終わっている。それならば、理津子の「発明」は一番乗りではなかったかもしれない。どの国のどの企業だって、本当の機密技術は特許を申請しない。理津子の失敗作の買い手だけが、「発明」だと信じた可能性だってある。

ぼくたちが見上げる青空は、すでに、見えない軍用機に切り刻まれているかもしれない。

「偽物の空なんか、作りたくなかった」

手をつないだ理津子が、ぽつりと言う。

彼女の知らない空

ぼくは、官舎前で基地司令の公用車を見送って、夜空を見上げた。低い雲から、細かい雪が落ちてくる。千歳《ちとせ》基地への配属は二度目で、都合五度目の十一月になるが、何度過ごしても冬の訪れは気を滅入《めい》らせる。最初の千歳配属時はまだ二尉で、F－15イーグルのパイロットだったから、十一月の厚い雲も三十秒足らずで突き抜けて、青空を見ることができた。三佐に昇格したいまは、パイロットスーツを着ることもなく、雲の中に吸い込まれていく機影を追いかけることしかできない。

夜の雲を見上げながら、智恵子《ちえこ》はぼくを許してくれるだろうかと不安になる。

数分後には智恵子の待つ官舎のドアを開けているはずだ。彼女は、優しい笑顔で「おかえりなさい」と言い、脇《わき》に抱えた制帽を受け取ってくれるだろう。その言葉の裏には、自衛官の妻として「今日も無事でよかった」という思いが込められている。

智恵子は、ぼくが自衛官ではなく職業軍人になっても、同じように「おかえりなさい」と優しく言ってくれるだろうか。

（考えても仕方がない……）

改正憲法が施行されて、初めての冬だ。ぼくは、ため息を呑《の》み込んでから、ドアのチャイムを鳴らして帰宅を彼女に報《しら》せる。

「おかえりなさい」

智恵子が、ドアを開けて、優しい声で礼装のぼくを迎えてくれる。

「ただいま」

ぼくは、彼女の優しさが部屋の温《ぬく》もりとともに逃げ出してしまう前に、ドアを閉めた。

「ドリア、温めるだけにしてあるけれど、食べる？」

ぼくは、うなずいて、着替えのために寝室に行く。智恵子とは上官の紹介で知り合って結婚した。義父は二等海佐だったので、彼女は、幹部自衛官の妻として、やるべきこと、やってはならないことを知っている。四十代後半までは転属が多く官舎生活が当たり前のこと、夫婦の旅行も事前に行程を報告しなくてはならないこと……、そういった様々な非常識を知っている。そんな夫婦生活を望む女性は少ないと思う。けれども、航海に出れば、何ヶ月も父親が不在の家庭で育った智恵子にとって、ほぼ毎日、隣接する基地から帰宅するぼくは、父よりも幾らかは魅力的だったのかもしれない。

部屋着でリビングに行くと、食卓にはふたり分のドリアが湯気を立てていた。乾燥貝柱を細かく砕いて小エビと合わせた、ぼくの好きな料理だ。もうすぐ根雪《ねゆき》に覆われる千歳では温かい料理が何より嬉《うれ》しい。

「ワイン、飲む？」

　智恵子は、料理用のミトンをつけたまま、首をかしげる。

「うん」

　ぼくが曹士との宴席であまり飲み喰《く》いをしないので、こういう夜、智恵子は夫の好きな料理を用意してくれる。曹士とビールを飲みながら、ざっくばらんに会話を楽しむ幹部もいる。ぼくは、三年前、三佐に昇格するまでパイロットだったせいもあり、そういった場ではほとんど飲まなかった。そのころは、「今夜は飲んでも大丈夫？」と訊《き》かれていたが、佐官に昇格し地上勤務となったいまは「飲む？」と訊かれるようになった。

「白？　赤？」

「白にしようかな」

　智恵子は、キッチンに戻り、冷えた白ワインとグラスを持ってくる。ぼくは、手渡されたボトルの栓を抜き、ふたりのグラスにワインを注《つ》ぐ。

「お疲れさま」

「いつも待っていてくれて、ありがとう」

智恵子の律儀さに感謝して、乾杯のためにグラスを差し出す。

「榊原《さかきばら》さんと話せた？」

彼女が、防大で同期だった友人の名前を言う。

「今夜は挨拶《あいさつ》程度だよ。あいつが主役の壮行会だ」

卒業以来十年間、陸自の榊原と同地域に赴任したのは、二度目の千歳が初めてだった。それ以前にも、本省への出張が重なったり、相手の任地に用件があったりしたときにプライベートで飲んでいたが、智恵子には友人の名前までは伝えていなかった。お互いに子どもがいないこともあり、千歳に赴任してから榊原夫婦と智恵子の四人で何度か飲んでいる。

けれども、今夜の榊原は、Q国のPKOに派遣される指揮官のひとりだった。二週間後に出国を控えた壮行会は、本省から副大臣が主賓として招かれ、統合幕僚監部の将官も出席する。榊原とぼくが防大同期であることを知っている将官も多いはずだが、気軽に話しかける雰囲気はなかった。

「そう……。元気そうだった？」

「うん、凜《りん》としていた」

ぼくは、ワイングラスを傾けながら答える。幹部自衛官は、俳優並みに自分の役回りに沿った振る舞いを要求される。部隊の中ではもちろん、家族、友人に対しても不安を感じさせてはならない。それができなければ階級は上がっても、実質的な任務は尉官止まりだ。

「出国までに、また、莉奈《りな》さんと四人で会えるといいな。よかったら、家に来てもらわない？」

先月、四人で札幌のジンギスカン屋で鍋を囲んだときには、まだ、榊原のQ国派遣を智恵子に伝えられなかった。たぶん、榊原の妻の莉奈さんも、それを報されていなかったと思う。空自で部隊の違うぼくが、一ヶ月後の陸自内の辞令を知っていたのは異例中の異例だ。

「ちょっと難しいかな。今度の非番は、会津《あいづ》の実家に顔を出しに行くって言っていたし、その他にも、いろいろ挨拶回りがありそうだ」

「そっか……。寂しいね」

「こういうときは、同期は後回しだよ。落ち着いたら、智恵子が莉奈さんを食事にでも誘えばいい」

実際のところ、先月の四人での会食は、榊原から「何かあれば、智恵子さんが莉奈の気分転換の相手になってほしい」と頼まれて設けたものだった。

「こういうとき……か」

智恵子が、寂しそうに言う。

「戻ってきたときには、また四人で食事をできる」

ぼくは、「たったの十五ヶ月だ」と言いそうになった。十五ヶ月であろうが、一週間であろうが、智恵子にとっては変わらない。憲法九条が変更されたいまとなっては、紛争地域に派遣される家族に期間の長短は安心を与えない。与党の「国防軍」という名称案こそ国会審議前に消え「自衛隊」のままだったが、その条文は日本の軍隊に交戦権があることを否定していない。

榊原のQ国派遣が公になってからの半月、智恵子を見ていると、旧憲法が自衛官の家族の心情を支えていたことが、実感を伴って分かる。

《第九条　日本国民は、正義と秩序を基調とする国際平和を誠実に希求し、国権の発動たる戦争と、武力による威嚇又は武力の行使は、国際紛争を解決する手段としては、永久にこれを放棄する。

2　前項の目的を達するため、陸海空軍その他の戦力は、これを保持しない。国の交戦権は、これを認めない。》

この旧条文から「交戦権」の文字が消え、『第九条の二』に、国際社会の平和維持の任務が加えられたいま、Q国に派遣される部隊には交戦権が与えられている。その現地指揮官のひとりである榊原には、突発的な攻撃を受けた際、戦闘に応ずる権限が内閣総理大臣から委譲された。そして、命令拒否をすれば、一般の裁判所ではなく軍法会議で罪を問われる。

与党内でさえ反論があった憲法改正は、教育環境の整備などの追加条文とワンパッケージ方式で国民投票を実施した。投票率六十五パーセントのうち過半数の五十五パーセント、約三千六百万人の有権者が憲法改正に賛成票を投じた。それから一年半が経《た》ったいま、「喉元《のどもと》過ぎれば」ではないだろうが、ほとんどの国民やメディアは、憲法が改正されたことさえ忘れてしまったのではないかと疑う。

（戦争をできる国になっても、多くの人にとって影響のある変更ではなかった、ということだ）

ぼくは、黙って、ドリアを食べる智恵子を見ながら思う。実際には、新たに加えられた緊急事態条項（新九十八条）によって、内閣総理大臣が「緊急事態」を宣言すれば、自衛官以外の人々も「国民の生命、身体及び財産を守るために行われる措置に関して発せられる国その他公の機関の指示に従わなければならない」。他国から攻撃を受けたと内閣総理大臣が考えれば、国会の承認を待たずに、近所の公園や小学校の校庭に高射砲が設置されたり、空港や駅に自動小銃を持った自衛官が立ったりするのに、多くの人は軍事衝突の危険性から目を逸《そ》らしている。あるいは、「緊急事態」とは地震や自然災害のことだけだと思い込んでいる。

「大丈夫だよ」

ぼくは、黙り込んだ智恵子に声をかけた。

「何が？」

「榊原も、あいつの部下も、ちゃんと帰ってくる。それだけの賢明さがあるから、榊原が選ばれたんだ」

「そうだよね……」

「あいつの性格は、莉奈さんよりも、ぼくのほうがよく知っている。問題ない」

人前では口にできないが、憲法改正に一番反対したのは、防大卒の中堅幹部だったと言っても間違いない。「シビリアンコントロール」とは裏腹に、戦争をしたいのは政治家で、多くの自衛官は、武力行使を望んでいないし、自分の部下を紛争地域に派遣したいとも考えていない（付け加えるなら、ぼくは、自分の勤める組織を違憲状態だと言われても不満を感じなかった）。

「怪我《けが》とかしなければいいけれど……」

「あっても、すり傷程度だよ」

「榊原さんのすり傷は、わたしたちと程度が違うから」

ぼくは「そうだね」と笑った。智恵子の言うとおり、空自と陸自では、すり傷の程度が違う。榊原は、肋骨《ろっこつ》の一、二本にひびが入っても何事もないかのように訓練に向かう。対してぼくは、虫歯があってもコクピットに乗れなかった。何気ない言葉が、智恵子の表情を明るくさせる。

「あなたが、空自でよかった」

「うん。美味《おい》しいドリア、ごちそうさま」

ぼくは、飲みかけのボトルにコルクを押し込んで、智恵子に笑顔を見せた。空自でも、紛争地域に派遣される機会はある。大型輸送機での邦人輸送、ＰＫＯの資材輸送は、空自が担う。けれども、彼女が心配するような命が危険にさらされる可能性は小さい。

智恵子は何も知らない。彼女の心配は、自衛官の妻として、夫が無事に帰ってくるかどうかだ。

榊原の駐留地は、現在の戦闘区域から百キロ後方の市街地だ。その中間地帯は多国籍軍が制圧しているので、偶発的なゲリラ戦の危険も小さい。今回に限れば、榊原は、十五ヶ月後、「陸自でいうところのすり傷」も負わずに笑顔で帰ってくるだろう。

紛争に行くのは、ぼく自身だということを、智恵子は知らない。彼女は、軍人の妻として、夫が合法的な殺人者になることを心配しているわけではない。

榊原がＱ国に着任してから、ぼくの生活も、一万二千キロ離れたＱ国標準時に合わせた生活に変わった。千歳基地の別棟に、関係者しか入室できないフロアが用意され、掛け時計にはQ国の時間が示されている。日本との時差は七時間で、ぼくの勤務は、他の隊員に気づかれないように、通常勤務のまま残業をしていることになっている。

Q国で午前八時、日本標準時の午後三時に、ブリーフィングが始まる。

もっとも、現地に派遣されている隊員は、そのブリーフィングに千歳基地の空自が参加していることを知らない。千歳基地側では、現地のブリーフィングルームに設置されたビデオカメラから送られてくる映像を、会議室のパイプ椅子《いす》に座って、めいめいに好きな飲み物を手にして見守っているだけだ。

「着任して一週間で、現地は、だいぶ落ち着いたな」

千歳基地側の指揮官である沓掛《くつかけ》一等空佐が、マグカップを手にしながら、やや緊張した面持ちで言う。ぼくは、「ええ」とだけ応《こた》えて、榊原の声を聞く。半年前まで続いた市街戦で傷んだ道路の補修工事などの指示が、普段とおりの口調で指示される。二〇一八年にあった中国・四国地方の豪雨激甚災害時よりも、現地隊員の表情は穏やかといっていい。あの年の夏は、西日本で台風被害が連続し、さらに、北海道で震度七の震災があり、陸自の隊員を疲弊させた。憲法改正前で、重箱の隅をほじくるような自衛隊批判もあり、TV局のカメラの前では、隊員は温かい食事をすることさえ憚《はばか》られた。

（榊原は適任だったな……）

今日から、改正憲法のもとで初めての交戦が始まる雰囲気は、彼の口調のどこにも感じられない。

《……以上だ。解散》

三十分足らずのブリーフィングが終わり、榊原の声で、現地隊員が一斉に席を立ち敬礼をする。中には作業服の袖《そで》をめくりあげている隊員もいる。榊原自身も、机に置いたベレー帽の徽章《きしょう》を正面に向けていない。

「少し、だれていないか」

一佐がつぶやく。

（まぁ、榊原らしいやり方だ）

ぼくは、何も応えずに、Q国のブリーフィングルームとつないだビデオ回線を切る。榊原は、規律で部下を統率するタイプの指揮官ではない。自分の略帽を正面に向けなかったのも、部下をリラックスさせるためのジェスチャーだ。一佐も同じだろうが、防大で四年間を過ごしたぼくたちは、あえて意識をしなければ徽章を正面以外の角度に向けるほうが難しい。榊原は、六十三名の隊員ひとりひとりを気遣《きづか》い、敬礼時の姿勢、制服の乱れをつぶさに観察し、部下の疲労、上官への不満、隊員間の人間関係を的確に把握しているはずだ。

その三十分後、多国籍軍司令部とのビデオ回線がつながる。

多国籍軍の将校、士官と並んで座る榊原は、幹部自衛官の顔に戻っている。机に置かれた制帽の徽章も、三角定規で測ったかのように正面を向いている。

そして、多国籍軍としてのブリーフィングが始まる。

榊原の部隊は、ＰＫＯに参加することを国会で承認させるための口実にすぎなかった。憲法が改正されて、わずか半年で集団的自衛権にもとづいた交戦権を行使するともなれば、国会審議が荒れるのは容易に想像できる。派遣前の壮行会の際、宴会が始まる前の控え室で、空自のぼくが、副大臣、統合幕僚監部の面々に挨拶をしなければならなかったのも、そのためだった。


市街地から五キロほど離れた政府軍の空港から、無人軍用機ＭＱ－９リーパー《死に神》を離陸させる。

千歳基地ではブリーフィングルームの隣の部屋が、無人機の遠隔操縦室になっている。無人機は、パイロットの他に、画像解析を行うセンサー要員の二名で操縦する。それぞれの操縦席に、三十二インチのモニタがふたつ、ＭＦＤと呼ばれる方位情報などを表示するディスプレイがふたつ設置され、手許《てもと》にはキーボードと操縦スティックが並べられている。ヘルメットもパイロットスーツも必要なく、常装のまま、一万二千キロ彼方《かなた》の無人機を操縦する。

初フライトは、計画とおり、ぼくと小橋《こばし》三佐が任務にあたった。小橋とは、小松《こまつ》基地で二年間、複座式のF－15イーグルを操縦した経験がある。彼とのMQ－9リーパーの訓練飛行は約百時間で、隣に座られると感覚が狂う（複座式の戦闘機では、パイロットとレーダー要員は前後に着座する）。小橋とぼくは、たぶん、グレイアウトになる限界の体質が似ているのだろう。F－15イーグルで高度一万メートルまで一分以内に上昇しても、無駄口をたたく余裕があった。けれども、背後に一佐が腕を組んでぼくたちを見守っているので、お互い黙り込んで無人機を操縦する。あまりに静かで、小橋は居眠りでもしているのではないかと心配になる。

MQ－9リーパーはグライダーのような形状で、乗り慣れたF－15イーグルに比べると動きが緩慢だ。地球の裏側の空を飛ぶ無人機は、静止衛星を中継する操縦に約二秒のタイムラグがあり、時速二百キロで巡航できる。F－15イーグルのマッハ二・五（時速約三千キロ）の操縦に慣れた身体《からだ》には、約二秒のタイムラグが、十秒以上に感じられる。もっとも、この無人機は、高度千五百～七千メートルからの偵察、爆撃を目的に設計され、戦闘機同士のドッグファイトで他国機と操縦性能を競い合う必要がない。

　Q国では政府軍が制空権を確保しており、インド洋に配備された米軍の空母も一艦隊を残すのみとなっている。代わりに、無人機が、反政府組織の制圧に向けて自由に空を飛び回っている。

　MQ-9リーパーの最新タイプは、レーダーに捕捉されにくいステルス機能の他、背面（地面側）には自機の上空をカムフラージュするディスプレイが装備されている。天候・時間帯によって変化する空に合わせて機体の色を変えられるので、大きな翼を持つMQ-9リーパーは、高度を千五百メートル程度に下げても、地上から機影を目視するのが難しい。地上にいる反政府組織は、ほとんどの場合、爆撃を受けるまで自分が標的になっていることに気づかない。

　離陸して三十分で、反政府組織の勢力地域の上空に入る。

　ちょうど目の高さにあるモニタには、ところどころに低木がある荒野の画像が送られてくる。緩慢な操縦が、新婚旅行で訪れたオーストラリアのウルル（エアーズロック）周辺の遊覧飛行を思い出させる。その旅行中、智恵子と結婚して彼女を幸せにできるのだろうかと、ずっと不安だった。

　智恵子を紹介してくれた上官は「堅苦しく考えるな」と言ってくれた。上官が、同期とプライベートで飲んだ席で、民間航空会社の地上スタッフの娘がいるという話題になったらしい。上官から「たまたま、滑走路の反対側にいる女性を紹介するだけだ」と言われても、お互いに断りにくいお見合いのようなものだった。

初めて会ったのは小松基地の航空祭の日で、ぼくは、午前中のデモフライトのあとは基地内で待機をしていた（航空祭だからといって、隣国の航空機が領空侵犯を遠慮してくれるわけではない）。そこに彼女が上官とともにやってきた。最初に、どんな言葉を交わしたのかを、ぼくは覚えていない。ただ、彼女の澄み切って聡明《そうめい》そうな声が印象的で、その声をまた聞きたいと思った。彼女は、パイロットスーツを知らなかったようで、「自衛官なのに、だらしない格好をしている人だな」と思ったと、付き合い始めてから聞かされた（パイロットスーツは、民間航空会社のパイロットの制服や、海自が港で着用する常装に比べると、間違いなくだらしなく見える）。

「お父さんたちの気まぐれで、ぼくを紹介されて迷惑をかけていませんか？」

「実家に戻ったとき、結婚の話になって、わたしが『パイロットがいいかなぁ』って口を滑らせちゃったんです」

「それって、民間機のパイロットのことですよね？」

「そうだったんですけれど、F-15のパイロットなら、フライト先でCAさんとの浮気を心配しなくてもいいし、誤解されて正解でした」

そんな会話から交際を始めた。それから、ぼくは、F-15イーグルを着陸させるたびに、管制官の「ナイス・ランディング」という決まり文句を無視して、智恵子の「おかえりなさい」という声を想像した。

そのことを新婚旅行の帰りの旅客機の中で話すと、智恵子は、スクランブル発進のF‐15イーグルの爆音を聞くたびに、そのパイロットがぼく以外であることを祈っていたという。

「こんなことなら、浮気を心配するほうが気楽だったかも、なんて思っていた」

「ぼくは臆病《おくびょう》だから、帰る自信のないときは、飛ばない」

「約束してくれる?」

ぼくは、うなずいて、初めて智恵子と結婚してよかったと心から思った。

《十二マイル（約十九キロ）先に、二時から七時の方向へ向かっている車両二台あり》

計器飛行に任せて、余計なことを思い出していると、ヘッドセットと隣の席の両方から、小橋の声が聞こえる。ぼくの思考が、日本語から英語に切り替わる。

《了解。こちらでも捕捉した。積載物を確認したい》

現地の多国籍軍司令部が、すぐに応答する。ぼくはキーボード脇のトラックボールでカメラを操作し、小橋は必要に応じてモニタに映った映像の一部を拡大する。

目の前のモニタでは〝DATSUN〟の文字がはっきりと読めるまでピックアップトラックの映像が拡大される。

《車種はピックアップのダッツン。先頭車両の積載物はヤギが三頭。後方車両の積載物は燃料類と思われるポリタンク》

《了解》

ヘッドセットを通じて、多国籍軍司令部と小橋の交信を聞きながら、モニタの中のピックアップトラックを追う。旋回させた機体がピックアップトラックの運転席を写し、ドライバーたちの顔が拡大される。助手席に座る男のひとりは自動小銃を肩にかけているが、現状のQ国ではめずらしい光景ではない。スティックを握る掌《てのひら》に、いやな汗がにじむ。

《こちら画像解析班。四人の乗員のいずれも、反政府組織の指導者とは一致しません》

遠隔操縦室のスピーカーから、北米大陸の米軍基地にいる男性の声が聞こえる。

《了解、攻撃不可。計画の偵察ルートに戻れ》

《了解》

ぼくは、深呼吸をしながら操縦スティックを動かす。

やはり、人を撃ちたくない。あのピックアップトラックに武器が積まれていたか、ドライバーたちのいずれかが反政府組織の標的リストに載っている人物だったならば、ぼくは、自衛隊史で初めての殺人者になっていたのだ。いつの間にか全身にかいていた汗が引いて、身体が冷える。

兵器の進歩とは、ある時期まで、兵士の恐怖感と罪悪感の希釈だったと思う。棍棒《こんぼう》や刀で相手の息遣いを感じながら殺し合っていた白兵戦《はくへいせん》では、腕に力を込め、相手の骨肉を切る感触を味わう必要があった。自分が殺されるかもしれない恐怖と同時に、相手の苦しむ表情も間近で見なければならなかったことだろう。火薬が発明され、トリガーは子どもでも引けるほどに軽くなり、離れた相手の表情は、その気がなければ見なくても済むようになった。さらに機関銃が発明され、ほんの数秒、トリガーを引き続けるだけで、何人もの相手を殺せる。罪悪感が薄れるのに対応して、相手が同じ射程・精度の武器を持っているか否かが、兵士の恐怖感として残った。航空機の発明は、人影が蟻《あり》程度にしか見えない上空からボタンひとつで殺戮《さつりく》を行えるようにした。兵士をターゲットから遠ざければ、恐怖感も罪悪感も希釈される。

兵器開発の技術者は、そう考えているにちがいない。遠隔操作による無人兵器の開発は、兵士の恐怖感を希釈させる必然の過程なのだろう。

一方で、軍の最高指揮官である政治家が恐れているのは、WWⅢの勃発よりも自国内へのテロ攻撃と、SNSの映像だ。テロ組織への攻撃で巻き添えになった女性や子どもの痛ましい映像は、テロに怯《おび》える国でさえ、攻撃に対する非難の世論を簡単に形成してしまう。このことを恐れて米国は、二〇一〇年代のオバマ政権から、巻き添えの被害者を極力減らす「標的殺害（Targeted killing）」という戦術を採用している。

このふたつの時流が、兵器の進歩を逆行させた。

サッカーやラグビーと同じように、戦争にもルールがある。無人兵器に関する国際規約は議論中だが、二〇一二年に、米国の国防総省は「無人兵器での殺傷には、指揮官および操縦者の適切なレベルのヒューマン・ジャッジメントを必要とする」というルールを自らに課した。

コンピュータの進歩で、無人兵器は人の操作なしでも殺人を行える。さっきのピックアップトラックの積載物は、コンピュータでも画像判別が可能だろう。戦場で誤射はつきものだと割り切れば、無人機が戦闘を終わらせてくれる。けれども、「ヒューマン・ジャッジメント」という足枷《あしかせ》が、司令部とセンサー要員の画像分析を必要とし、司令部は、標的殺害の必要性の判断と同時に巻き添えとなる付随的《C》損害《DE》予測を行ったうえで、パイロットに攻撃を許可する。

MQ－9リーパーに搭載されたカメラは、高度千五百メートルの上空から、モニタに映る人間が標的リストの何番目に登録されているかを判別できるほどに解像度が高い。彼（女）が標的リストに載っていれば、パイロットは、攻撃許可を与えられてトリガーを引き、さらに、標的の死亡が確認できるまで、上空で待機しなくてはならない。

兵器の進化だったはずの無人機は、「標的殺害」という戦術と「ヒューマン・ジャッジメント」というルールによって、パイロットの精神的負担を希釈するどころか白兵戦の時代に逆行させた。

(智恵子……、今日は殺人者にならなくて済んだ)

ぼくは、智恵子の「おかえりなさい」という優しい声を思い出しながら、Q国の空港にMQ－9リーパーを着陸させる。モニタに映る滑走路はまだ陽《ひ》が高かったが、時計を確認すると日本時間で午後九時を過ぎている。Q国時間に合わせた勤務になってから、基地内で夕食をとっているので、智恵子には先に寝るように伝えている。彼女の「気にしないでいいよ。その分、昼寝しているから大丈夫」と言う笑顔が、何年も以前のことのように感じられた。


官舎のドアの前で、どんなふうに顔を変えればいいのかを迷う。幹部自衛官から子どものいない夫へ表情を変えることには慣れていても、殺人を犯そうとした者がどんな顔をしているのか分からなかった。ぼくは、ドアスコープから細く漏れる温かい光を眺めながら、無理やりに笑顔を作って、チャイムを鳴らす。

「おかえりなさい」

智恵子の優しい声。その声の向こうに、いつもと変わらない「今日も無事でよかった」という彼女の思いやりが感じられる。

「ただいま」

ぼくは、善良な市民としての演技に成功したのだろうか。

「今日、莉奈さんにお昼ご飯に誘われた」

「元気そうだった？」

「うん。毎晩十五分くらいだけれど、ビデオ通信ができるんだって」

ぼくは、智恵子の話を聞きながら、食器棚からオールドファッションド・グラスを取り出す。

「ウイスキィ？」

「うん、氷、あるかな？　智恵子も飲む？」

「わたしは、ビールにしておこうかな。莉奈さんから身欠《みが》き鰊《にしん》をもらったけれど、つまみになる？」

「うん、ありがとう」

「それでね、向こうはかなり落ち着いているって言っていた」

智恵子は、木皿に身欠き鰊を並べながら、遠い邦《くに》の話を続ける。

「南十字星が綺麗《きれい》に見えるって」

「そっか。榊原は、バスタブの栓を抜いてみたかな？」

「あっ、それ、聞くのを忘れた」

ぼくたちがオーストラリアで確かめ忘れたことを言うと、智恵子は無邪気に笑う。新婚旅行から帰ったあと、彼女は「あー、バスタブの栓を抜いたとき、渦の向きを確かめるのを忘れた」と後悔していた。ぼくは、ブリーフィングで榊原と顔を合わせているのを隠して、智恵子の話に合わせる。

「向こうは春かな？」

「千歳の五月ごろと同じみたい。湿度も低くて過ごしやすいみたいだよ。市街地には瓦礫《がれき》が残っているけれど、花も咲いているんだって」

榊原が出国した一週間前に比べると、智恵子の表情が明るい。きっと、莉奈さんを通して知ったQ国の状況が、智恵子の想像よりも安定していたのだろう。千歳の五月は、ぼくの知っている国内のどの地方のどの季節よりも美しい。風が気持ちよくて、基地内にはリラと山桜が咲いていて、千歳を離陸すると支笏湖《しこつこ》が柔らかい陽射《ひざ》しの中にきらめいている。

（榊原は、たいした役者だ……）

ぼくは、智恵子を見ながら、彼に感謝した。自分の妻だけではなく、表向きは何も関係ない智恵子の表情まで変えられる。

けれども、ぼくと榊原は、そこで戦争をしている。

交戦権を認められた自衛官として二日目のミッションは、若手のペアが担当した。ぼくと小橋は、薄暗い遠隔操縦室の後方にパイプ椅子を用意して、モニタに映し出される荒野を眺めた。

紛争が終わって、Q国に平和が戻っても、ぼくたちがそこに行くことはないだろう。民間フライトでは、ドバイを経由して、もう一、二箇所のトランジットを必要とする。政権が安定していたころは、ゾウやカバを見られる国立公園があったが、二年続いた内戦で観光資源を失った。定年退官するころには、紛争の傷あとも消えて、サファリパークのツアーも再開しているかもしれない。けれども、還暦のぼくたちが、片道二日間をかけて行くほどの魅力を感じることはないだろう。

仮にサッカーのワールドカップやオリンピックの開催地になったとしても、ぼくは、その国を訪れたくない。いま、Q国で行われていることが真の平和維持活動であれば、榊原は「この街は、自分たちが復興を手伝った」と妻に言えるかもしれない。けれども、ぼくは「ここで爆撃をしていた」と智恵子に話したくない。

ぼくはナーバスになり過ぎているのかもしれない。曽祖父《そうそふ》との思い出はほとんどないが、大正生まれの彼は、太平洋戦争の戦地を経験したはずだ。その戦地がどこだったかを知らないけれども、ぼくは、観光で智恵子とハワイや台湾を訪れているし、智恵子からは、学生のときにフィリピンのセブ島に語学留学をした経験があると聞いた。曽祖父が生きていれば、ぼくたちは、百歳前後の彼にかつての戦地で買った土産物《みやげ》を渡しているのかもしれない。

ぼんやりしていると、小橋に肘《ひじ》を小突かれる。

「たぶん、昨日と同じダットサンだ」

センサー要員のモニタに視線を向けると、前日とは逆の方向に二台のピックアップトラックが走っている。荷台がズームアップされる。一台は同じようにポリタンクを積んでいるが、もう一台の積載物が分からない。円錐《えんすい》形の何かが、雑に積まれて、(たぶん)男がそれを見守るように荷台に座っている。

(砲弾なら、あんな雑な積み方はできないよな……)

《積載物のズームアップだ》

遠隔操縦室に、現地司令部からの指示が入る。

《積載物は象牙《ぞうげ》で間違いない。攻撃を許可する》

「待て。ドライバー他が反政府組織のメンバーかどうかを判断してくれ」

遠隔操縦室内に、司令部の指示と沓掛一佐の声が交錯する。Q国にはレアメタルの鉱脈があるが、それらの鉱山はすでに政府側が掌握している。残った資源が象牙だ。多国籍軍の現地司令部は、荷台の象牙が反政府組織の外貨獲得資源になると判断したのだろう。

《カーネル《大佐》、ターゲットは密輸組織で間違いない。攻撃だ》

現地司令部の口調がきつくなる。ぼくはパイロット席の一尉の手許を見つめた。

彼の右手の親指は、レーザー照射のボタンを押していた。正方形の枠とレーザー照射の照準が重なり合う。その間に、荷台の男が空を見上げていた。ターバンを巻いた男は、カメラ越しに一万二千キロ彼方の千歳基地を見つめて、振り向いて運転席に何かを伝える。そして、助手席のドアが開き、別の男がＲＰＧ（ロシア製の携行型対戦車武器）のようなものを空に向けて構える。

（ＲＰＧなら射程外なのに……）

ぼくはそう思ったが、助手席から身を乗り出した男は小型ミサイルを発射し、十数秒後に遠隔操縦室に並んだモニタが暗転した。

その夜、基地内で夕食を済ませて、車で官舎に戻る最中に榊原から電話が入る。ぼくは、路肩に車を寄せて電話に出た。

「いま、ひとりか？」

「こっちは、もうすぐ二十二時だ。帰宅中だよ」

「官舎の駐車場に着いたら、ビデオ通話で話せないか？」

無人機とはいえ、飛行隊の中で機体を失ったのは、ぼくにとって初めての経験だった。智恵子の声を早く聞きたかったが、後味の悪さは現地の榊原も同じだろう。彼の要望に応えることにした。

「了解」

官舎の駐車場でエンジンを止め、ルームライトを点《つ》けて、スマートフォンで榊原を呼び出す。

「こんばんは」

「ああ、遅い時間に悪いな」

榊原は、多国籍軍の司令部ではなく、自衛隊の駐留基地に戻っていた。小さな画面に映る彼は疲れた顔をしている。ピックアップトラックから発射された砲弾はMQ－9リーパーの左翼に着弾した。米軍の解析では、携行型の対空砲が使われたとのことだった。彼らは言葉を濁したが、それは戦闘機より低空で飛行するドローン対策（無人機もドローンのひとつだ）として、米国自身が開発した武器だと想像できた。反政府組織が携行型の対空砲を所持していることは、自衛隊に（もしかすると他の参加国にも）報告されていなかった。

「そっちは、どんな感じだった？」

「初めて『ジャップ』なんていう言葉を聞いた。小声だったけどな……」

ぼくも、米軍との合同演習に参加するが、友軍から差別語を聞くことはない。公式に議事を残す作戦後のミーティングでは淡々と被害が報告された。けれども、現地の米軍は、自衛隊の実戦能力のなさを実感したのだろう。海兵隊のF／A‐18ホーネットのパイロットに、空自のF‐15イーグルのパイロットが操縦技術で劣るとは思わないが、「敵兵を誰ひとり殺したことのない甘ちゃん軍隊」と見られている雰囲気は肌で感じられた。

「米軍からすれば、象牙の密輸組織は反政府組織と同類だ。でも、空自は警察じゃない。『象牙の売買が違法だから』という理由で、トリガーを引かない」

「米軍から不信を買ったのは税金みたいなものか……」

榊原が、画面の中でため息を漏らす。彼も、自衛隊が米軍からどう思われているかは身を以《もっ》て知っていたはずだ。それでも、合同軍内で差別発言を耳にすれば、気が滅入るのだろう。

「憲法が変わっても、自衛官は人を殺さない。それが、ぼくたちの誇りだ」

一万二千キロ彼方で発せられた自衛隊への陰口を、榊原はひとりで背負わなければならない。その気持ちも分かるが、誰《だれ》ひとり殺さない軍隊であることは、幹部自衛官としての誇りだ。榊原を励ましたつもりが、小さな笑い声が返ってくる。

「相変わらず、おまえは『ぼく』が抜けないな」

ぼくは苦笑するしかなかった。防大でも幹部学校でも、そのことで同期にからかわれた。

「コクピットから降りると、どうしてもさ……」

「コクピットでは〝I《アイ》〟って言っているだけだろ。愚痴に付き合わせて悪かった」

「構わない。たぶん、こんなときのために、ぼくが今回の任務に選ばれたんだと思う」

ぼくが「ぼく」と言えるのも、榊原が侮蔑《ぶべつ》の言葉を耳にして愚痴を言えるのも、部隊外の親交が続いているからだ。統合幕僚監部は、ぼくたちの関係を知ったうえで、人選を行ったことだろう。個人的な信頼関係がなければ、同じ階級の佐官同士であっても、ぼくたちは、いつでも気を張っていなくてはならなかった。

「ああ、おかげで、莉奈にはこんな顔をしなくて済む」

「ぼくも同じだよ。少し気が晴れた」

最後は笑いながら、ビデオ通話を切った。

それから三週間、現地に派遣された陸自の部隊には、ニュースになる事故や偶発的な戦闘はなかった。榊原の妻の莉奈さんとは直接会っていないが、智恵子の話によると、彼女は派遣前と同じように過ごしているという。それは、ひと月前の智恵子の表情に見え隠れした陰りが消えたことでも容易に想像できる。大きな災害後や海外の合同演習では二、三ヶ月の派遣があるので、距離にかかわらず、夫の不在は日常化していくのだろう。

けれども地球の裏側では、この二週間、反政府組織の拠点となっている地方都市まで偵察範囲が拡大された。ブリーフィングルームの会議卓にQ国の地方都市の市街地の地図が広げられて、民家、学校、商業施設、医療施設に色分けされている。現地に潜んでいる情報提供者の報告と突き合わせながら、出入りをする車両や人物を特定して、反政府組織の司令部がある建物を絞り込んでいる。すでに、×印がつけられていない建物は三つの商業施設だけだ。一階が飲食店や雑貨店で、女性や子どもを含む民間人が日常的に利用している。

「残ったのは、どこも人間の盾《たて》の後ろだな……」

クリスマスの日の午後、沓掛一佐が地図を見ながらつぶやく。非武装の民間人にまぎれて軍事施設を作ることは国際法規から逸脱している。戦争にもルールはあるが、サッカーやラグビーと違うのは、審判員がフィールドにいないことだ。反則行為があっても、その場では誰もホイッスルを鳴らさない。

一佐と地図を眺めていると、スマートフォンが振動して着信を知らせる。発信者は榊原だった。ぼくは、Q国はまだ午前七時だと思いながら、一佐に一礼をして部屋を出た。

「おはよう」

「ああ、おはよう。どこにいる？」

「ブリーフィングルームにいたけれど、廊下に出た」

「そうか……」

榊原の声音《こわね》が優れない。

「そっちで何かあったのか？」

「さっき、反政府組織の司令部を特定できたとの連絡があった」

今日のフライトは、ぼくと小橋だった。榊原もそれを知っている。

「米軍は？」

「ブリーフィング前にCDE（付随的損害予測）を終わらせるとのことだが、何せ、米軍は祝祭日だ……」

誰でも、自らの信仰の祝祭日に攻撃をしたくない。二日前の上皇誕生日には、自衛隊機のフライトは免除された。こちらとしては、ほとんど意識していないが、旧連合国から見ると十二月二十三日は、WWⅡ終戦時の皇太子誕生日であると同時に、極東国際軍事裁判におけるA級戦犯の絞首刑執行日だ。連合軍は、昭和天皇が逝去《せいきょ》したのちも日本国民に戦争の過ちを忘れさせないためにと、当時の皇太子誕生日を選んで絞首刑を行った。

今日、明日に攻撃するともなれば、自衛隊機がその任務を負う可能性が高い。

「どの施設だ？」

ぼくは、平静を装って榊原に訊いた。

「大通りに面した飲食店だ」

「そうか……」

それしか言うことがない。

「今日、飛ばない理由を、何か作れないのか？」

一万二千キロ離れた無人機でなければ、理由はいくらでも作れる。滑走路の状態で千歳基地からのスクランブル発進ができないときのために、約三百キロ南の三沢《みさわ》基地でも最新鋭のF‐35ライトニングⅡが常時待機している。けれども、Q国で待機しているMQ‐9リーパーは多国籍軍に整備を任せているし、これから、階段を踏み外してあばら骨にひびが入っても、無人機の操縦には支障がない。ぼくが飛ばない理由を作っても、同僚の一尉がコクピットに座ることになるだけだ。

「ない……。それに、CDEの結果次第で攻撃しないかもしれないだろう」

「自軍が攻撃しないとなればCDEも甘くなる。せめて、おまえは代われないのか？」

榊原は「おまえに撃てるのか？」と問いたいのだろう。同じ階級でも、彼は現地司令部にいて、ぼくは命令を受ける立場だ。命令を拒否すれば、ぼくは、改正憲法下で最初の軍法会議の被告席に立たなくてはならない。その誹《そし》りは、ぼくだけではなく同期全体に降りかかる。だからこそ、千歳基地のチームへの連絡ではなく、個人的な電話をかけてきたのだろう。ぼくは、彼の気持ちを想像できたが、それに応えなかった。

「そっちはブリーフィングの用意を始める時間だ。もう戻れ」

ぼくは、榊原にそう伝えて、電話を一方的に切った。

Q国の現地隊内のブリーフィングは、いつもとおりに終わる。榊原の表情が緊張しているように見えたが、それは、ぼくが次に行われる多国籍軍のブリーフィングの内容を予想しているせいだろう。

《ターゲットを特定した》

いつもは、部下にブリーフィングの進行を任せている米海兵隊の准将《じゆんしよう》が言う。千歳基地では、ぼく以外の四人の緊張感の高まりが伝わってきた。

《ターゲットは、南緯××度××分××秒、東経××度××分××秒、Rアヴェニューに面した飲食店、……》

モニタに目標となる二階建ての飲食店の画像が映し出され、CDEが最小となる着弾点が示される。

《十一時前なら店内に民間人の客はほとんどいない。CDEは最大でも八名だ》

向かいに座る沓掛一佐が、メモパッドに「NAVYのF‐35にできないのか？」と走り書きをして、すぐにそれを破り捨てている。

《ジャパン・エアフォース、J12号機が対応。攻撃は、Q国標準時一〇三〇とする》

「殺害ではなく、標的を捕獲する手段はないのか？」

一佐が、ビデオカメラに向かって言う。けれども、反政府組織の支配下にある市街地に、大型ヘリコプタで大量の兵士を送り込むのはリスキィだ（米国は、クリントン政権時にソマリアで同様の作戦に失敗し、国連軍も含めて十九名の兵士を殺害されている）。「戦場に来たこともない将校の意見は求めていない」とでも言いたげな表情で、米海兵隊の准将が「ノー」とだけ答える。

《他に質問は？》

挙手をする者は誰もおらず、多国籍軍のブリーフィングが解散となる。米海兵隊の将校は、「自衛隊にも、これでやっと一人前の多国籍軍になるチャンスを与えてやった」くらいに考えているのかもしれない。

「Boots on the ground（野球場に来るなら、観客ではなく、グラウンドに出てこい）ってことか……」

遠隔操縦室に移動した一佐がつぶやく。9・11後のイラク派兵の際に、日本は米国の国務副長官からそう苦言を呈された。米国は、長い間、同盟国の旧憲法の第九条をもどかしく感じていたのだろう。ぼくは、黙って、センサー要員の小橋とともに所定のチェック作業を続けた。一万二千キロ彼方の空港では、MQ‐9リーパーが牽引車《けんいんしゃ》によって格納庫から駐機場に移されていた。

現地の管制官から、離陸の許可が下りる。ぼくは、エンジン音を聞くこともなく、無人機を快晴の夏空に離陸させた。

もし機体が千歳基地にあってエンジン音が聞こえたら、智恵子は、知り合ったころのように「あなたが、その戦闘機を操縦していないように」と祈ってくれるだろうか。ぼくは、背後の一佐に気づかれないように首を横に振る。

彼女は、もう祈らない。

もしエンジン音が響いたのが千歳基地だったとしても、智恵子は官舎の窓から機体が無人機であることを確認して、今夜のぼくの帰宅を確信するだけだろう。彼女が「誰かを殺しに行くのが、あなたではありませんように」と祈ることはない。

ぼくは、智恵子の知らない空で、誰かを殺すために爆撃機を操縦している。

（市街地に着く前に、対空砲に迎撃されれば……）

　そう願っているうちに、荒野が途切れて、民家がところどころに現れる。市街地付近の上空では、墜落時に民間人に被害が及ぶので、迎撃される可能性は低い。何度か見た夏の街が、モニタに映し出される。植民地時代の宗主国の信仰が根付かなかったおかげで、街はクリスマスとは関係のない平日だ。市民は紛争状態に慣れてしまったのか、学校では子どもが遊び、露天の市場では買い物をする女性の姿までモニタで捉《とら》えることができる。背面に夏の空を映した無人機を見上げる人は、誰もいなかった。

「死に神《リーパー》」だなんて、いやな名前をつけたものだと思う。地上にいる人々は、爆撃機が頭上をかすめ飛んでいることすら知らない。機体の背面に上空の空を映すことを可能にした技術者は、その成果でパイロットの命を守れると満足したかもしれない。けれども、結果は、恐怖感すら持たずに人を殺す兵器を作っただけだ。その技術者こそ「死に神」と呼ぶにふさわしい。

《ＯＫ。昼になって客が集まる前に攻撃だ》

　遠隔操縦室のスピーカーとヘッドセットの両方から、多国籍軍の准将の声が聞こえる。

「了解」

ぼくが目標の飲食店の上空で機体を旋回させている間に、小橋が飲食店をズームアップする。

《現地の情報提供者からも、標的リストのナンバー3と7が建物外に出た報告はない。攻撃を許可する》

「了解。レーザー照射」

ぼくは、飲食店の屋上に、モニタの中で照準を合わせる。そのときだった、と思う。

(智恵子?)

女性が店の軒先《のきさき》に映る。その女性が着ているワンピースのような服は、智恵子がよく着ている芥子《けし》の花をデザインしたというマリメッコのスカートに見える。「これが自衛官としての仕事なのか?」という感情を押さえ込んでいた「命令」という理性が、一瞬にして吹き飛ぶ。

「3、2、1……」

ぼくは、手順とおりカウントダウンを始めたのに「ライフル」のひと言が声にならない。冷静に考えれば、それほど裕福ではないQ国にマリメッコのテキスタイルが輸入されているわけがない。けれども、その理性が働かない。「人間の盾」は条約違反だと理性が訴えても、やはり、ぼくは民間人を殺すのだ。

《メイジャー、どうした？　攻撃だ》

少佐《メイジャー》 —

「女が……」

《CDEの範囲内だ。あの女を気にしている間に客が増える》

（あと少し待てば、智恵子は捲《ま》き込まれない）

そう考えた、はずだった。けれども、トリガーは引かれていた。着弾までのカウントダウンが始まり、約三十秒後、モニタの中に爆煙がひろがる。

（そこから立ち去っていてくれ）

ぼくは、茫然《ぼうぜん》としながら機体を旋回させて、小橋が着弾点をズームアップした画像を眺める。現地司令部と北米大陸の画像解析班で、ボディカウント（死者数）の報告が始まる。

《こちら画像解析班。標的リスト、ナンバー3の頭部を確認。ナンバー7は確認できません》

（本当に、ぼくがトリガーを引いたのか……）

ぼくは、瓦礫の中に傷ついた死体が映し出されるモニタを見ながら、トリガーを引いたはずの人差し指の感触を確かめる。MQ‐9リーパーは、静止衛星を経由して操縦を行うシステムも含めて、すべて米国製だ。無人機の攻撃に際しては、多国籍軍の現地司令部の他に、米国のペンタゴン（国防総省）と市《いち》ヶ谷《や》の統合幕僚監部でも同じ画像を確認しているはずだ。自衛官がトリガーを引けないと見限ったときに、別の遠隔操縦室でトリガーを引く仕組みがあったのではないか。

あるいは、ぼくがトリガーを引いていたのだとすれば、それは、日本の民意なのかもしれない。憲法改正の国民投票は、投票率六十五パーセント、改正の賛成票五十五パーセントだ。自衛隊に交戦権を与えることに明確に反対した有権者は約三千万人しかいなかった。有権者の約七割が、あのとき、トリガーを引いたのだ。

兵器の進歩は兵士の恐怖感と罪悪感の希釈だった。実際、無人機の操縦に恐怖感は皆無といってもいいし、ミサイルの精度向上は民間人を捲き込む罪悪感を減らしている。けれども、兵士の精神的負担は、罪悪感を分子として、恐怖感を分母とするのではないだろうか。どんなにミサイルの精度を向上させて攻撃を局地化できても、恐怖感をゼロにしてしまえば、兵士の精神的負担は無限大になってしまう。

有権者の約七割の人たちは、緊急事態条項が発令されて民間人にも兵役が課せられたとき、自分や自分たちの子どもがその精神的負担を負ってもいいと、本当に考えただろうか。

有権者は「徴兵」を過去の遺物だと思っているのかもしれないし、有権者の半数を占める女性は「徴兵」を男性の仕事だと考えているのかもしれない。実際、「徴兵」という言葉から連想しやすい陸軍の兵士は、兵器の高度化によって短期間の訓練では務まらない。けれども、この無人機は誰でも操縦できるし、誰でもトリガーを引ける。約七割の有権者は、集団的自衛権という名の下《もと》に、自分や自分たちの子どもが、行ったこともない土地でいとも簡単に殺人者になることを想像してみただろうか。

「攻撃評価は終わりだ。ＲＴＢ《帰投》」

後ろに立っていた沓掛一佐に肩をたたかれる。彼が空自内でしか使用しない「ＲＴＢ」という略語を使ったのは「Ｑ国の基地ではなく、千歳に戻ってこい」という、ぼくへの思いやりだったのかもしれない。ぼくは、反政府組織の拠点を離れて、政府軍の空港の座標を手許のキーボードで入力する。

ＭＱ－９リーパーは、本来、コクピットがある位置に衛星通信機器を搭載しているので、前方カメラは機体下部に設置されている。そのおかげで、Ｆ－15イーグルに慣れたパイロットは、着陸時に滑走路に墜落したように錯覚する。

その恐怖感で、ぼくは、やっと我に返った。モニタの中で、こすれるように流れる滑走路の地面を見つめる。

《ナイス・ランディング》

一万二千キロ彼方の管制官の声は聞こえるのに、智恵子の「おかえりなさい」の声が、頭の中に思い浮かばない。もう、智恵子に「おかえりなさい」と言われても、その声の向こうには何も感じないのかもしれない。

薄暗い遠隔操縦室から見慣れた廊下に出て、窓から冬の夜の滑走路を眺めると、やっと智恵子の声が思い浮かぶ。けれども、ぼくの中の智恵子は「今日も無事でよかった」とは言ってくれなかった。

――今日は、何人殺したの？

ぼくは、智恵子の知らない空で戦争をしている。

七時のニュース

大連《だいれん》にある古びたホテルの一室で眠ると、ときどき、ぼくは、高校のときに付き合っていたガールフレンドの夢を見る。理由は薄々分かっているし、そのホテルに予約を入れるとき、彼女の夢を見るのをどこかで期待している。

出張をともにする同僚や部下からは、彼らと同じ四つ星以上のホテルに泊まるように言われる。十五年前、初めて大連へ出張したときは遼東《リャオトン》半島の様子が分からずに、彼らとともに一泊七百元の香港に本拠地がある高級ホテルに泊まった。その出張の際、半日が自由行動になったので、トロリーバスやトラムが走る街を散策し、旧ヤマトホテルの中を見学したり大連駅を外から眺めたりしながら、半ば道に迷った状況で、大陸では見かけなくなった繁体字で書かれた「賓館」という看板のある建物の前を通りがかった。

ぼくは、そこを通り過ぎてから「賓館」というのはホテルのことだと思い出す。観光客向けの地図があるのを期待して振り向いたときに既視感を覚えたのが、そのホテルに惹《ひ》かれた始まりだった。けれども、十五年前のそのホテルは、フロントに従業員が常駐しているのかも怪しく、地図が置いてある雰囲気ではなかったので、建物の中に入るのをためらってしまった。

次の大連出張で、思い切ってそのホテルを予約して以来、年に一、二度の出張の常宿になっている。ニセアカシアが繁《しげ》る並木道に面したホテルは、日中戦争のころに建てられたのだろうか。建物は古びていても、東京駅のような色合いの煉瓦《れんが》造りの外壁は、ガラスを多用した高級ホテルよりも頑丈そうに見えた。外観に劣らず客室も古く、エアコンもバスタブもない。一基だけあるエレベータは、開業当初は最新設備だったのだろうが、ドアは一重の開き戸で、三階の客室に上がるまでにむき出しの建物内部を見られる。冬はスチームヒーターで十分に暖かいが、夏は扇風機が置かれ、天井のファンが回転するだけなので、窓を開けて寝た。港町の夜風は思いの外に乾いていて、葉擦れの音を聞きながら寝るのに不快感はなかった。季節によっては蚊に刺されるので、ぼくはユーカリの香油を枕《まくら》元に吹き付けてから寝ていた。空港でレイトの悪い両替をしなくてはならない他は、ことさら不便ということもない。

ぼくがそのホテルを大連の常宿に決めた当時の難点といえば、フロントの老婆に嫌われていたことくらいだった。「嫌われていた」というのは語弊があるかもしれない。彼女は、ぼくを他の客と同じように扱ってくれたし、いつも三階の同じ部屋を用意してくれた。他のホテルに泊まる同僚と仕事前に合流するためにタクシーを呼んでもらえばメーターのついた車が来たし、星のつかないホテルとしてはめずらしく、毎日、リネン類を交換してくれた。仕事の都合で急に滞在を延ばすときでも、同じ料金で同じ部屋を用意するように他の従業員に指示していたし、ぼくが洗濯物を抱えて同僚のホテルのランドリーサービスに相乗りするためにタクシーを呼ぼうとすると、「寄越《よこ》せ」と無愛想に言い、それらを洗濯してくれた。洗い上がったシャツは、機械プレスではない丁寧なアイロンがけで着心地がよかった。

ただ、当時、そのホテルでは北京語と少しの広東語しか通じなかったので、ぼくがホテルに予約の電話をかけたり、何かを依頼しなくてはならなかったりすると、必然的にその老婆に面倒な客の相手をするお鉢《はち》が回り、彼女は「そんな言葉は忘れた」と言いたげな表情で、最低限の日本語しか話してくれなかった。たぶん、彼女に嫌われていたのは、ぼくではなく「日本人」で、嫌われた責任も、出張先の言葉をなかなか覚えられないぼくのほうにあった。

十五年が経《た》ったいまは、そんなこともない。

その古びたホテルは、五年前、老婆の引退を待っていたかのように、ホテル予約サイトに三つ星ホテルとして登録された。サイトに記されたとおり、英語を話せる従業員がフロントに常駐し、日によっては日本語学校を卒業した従業員もいる。客室にはハイアール製のエアコンと液晶ＴＶが設置されて、Ｗｉ－Ｆｉも使えるし、夏場でもシャワーのお湯を使えるようになった（以前は部屋のスチーム暖房と給湯が連動していたのだと気づき、シャワーでお湯を使えず、老婆に文句を言ったことを反省した）。老婆がいなくなった代わりに、インターネットから予約を入れると、部屋はランダムに決まるようになった。窓を開けると黄砂《こうさ》が舞い込んで、仕方なくエアコンをつけて寝ることもあるし、三つ星のホテルとしての平均的なサービス水準で、ときどきシーツが替えられていないこともある。

そして、ぼくは、高校のときのガールフレンドの夢を見ることが少なくなった。

十五年間続いた大連への出張は、昨年から取引先との価格交渉が難航していた。コンピュータ・システムの構築は、そのコストの大半をプログラマの人件費が占める。ぼくの勤めるシステム・コンストラクタでは、小規模の企業ではリスクが大きすぎて請け負えない大規模システムの元請けとなり、社員の諸経費よりも安くプログラマを雇って利鞘《りざや》を稼《かせ》いでいる（もちろん、システムそのものの付加価値も利益としている）。十五年前は、大連の企業にシステム開発の一部を外注すると、その利鞘が大きくなった。それが、この十五年で人件費の差がなくなり、作業の品質とスケジュール管理には問題がなくても、ぼくや同僚の出張旅費を考慮すると、国内の企業からプログラマを派遣してもらうのとコストが変わらなくなった。

TV会議で、取引先のキーマンである張浩宇《チャンハオユー》は「長い付き合いなので、これでも他より安く請け負っている」と言ってくれたし、ぼくが自社内で他部署の課長に聞いても、張浩宇の言葉に嘘《うそ》はなかった。ただ、円相場の変動が彼らの誠意を減殺している。海外発注を「オフショア開発」とカタカナにして「ウィン・ウィンの関係」と言いながら、隣国の安い労働力を搾取してきただけだ。隣にいた部長は、その事実を突きつけられて後味の悪さを感じただろうし、ぼくは、TV会議で海の向こうの取引先に頭を下げることしかできなかった。

長く取引を続けた相手だったので、TV会議ではなく直接会って挨拶《あいさつ》をしたいという出張申請は、部長に却下された。「岩峯《いわみね》課長は、部下から挨拶のためだけに海外出張をしたいと言われたら、認めるのか？」と言われ、何も言い返せなかった。その出張を認めれば、旅費と海外出張手当だけではなく、三、四日の社員の稼働を取られて作業進捗《しんちょく》も滞る。ぼくは、有給休暇を申請して、大連を訪問することにした。

取引を打ち切る側の元請け社員が出向いて、かえって張浩宇を困らせないかと心配したが、それは杞憂《きゆう》だった。十五年の間に、副総経理という肩書きになっていた彼は「岩峯さんが別の部署に異動なさったときに、また取引をすることになるかもしれないし、美味《おい》しいものでも食べましょう」と快く訪問を認めてくれた。

けれども家庭内では、さすがに十数万円の使途不明金を作るわけにはいかず、妻の礼奈《れいな》に事情を説明した。

「幸宏《ゆきひろ》は、そういうとこが融通が利かないっていうか馬鹿真面目《ばかまじめ》だから、課長止まりなんだよ」

ぼくは、同じ企業で部長の肩書きを持つ礼奈の言い種《ぐさ》にかちんときながら、自分で冷凍庫から氷を出してウイスキィのハイボールを作った。

「まぁ、そういうわけで、カードの明細に旅行代金が載るけれど、他の女と遊びに行ったりするわけじゃないから」

「浮気を疑われるのがいやなら、家族カード、やめる?」

ぼくは、ハイボールを飲みながら、首を横に振った。

礼奈とは、もう二年、冷めた関係が続いている。疲れ切った気持ちを、彼女の言葉がいちいち逆撫《さかな》でする。ぼくは、リビングの食卓にノートパソコンを持ってきて、ハイボールを飲みながら、航空券とホテルの予約をした。大連を訪問するのは最後かもしれないと思い、ホテルへの連絡用に部屋番号を指定する旨の英文をメモパッドで作成し、インターネットの翻訳機能を使って北京語に変換する。

礼奈は、ぼくがそんなことをしているうちに、食卓を離れ、以前はふたりで使っていた寝室のドアを開ける。

「ビジネスクラスで行くって言えば、女の子のひとりくらい連れて行けるのに」

「ぼくに浮気してほしいなら、はっきりそう言えばいい」

礼奈は、ぼくの科白《せりふ》には応じず、「おやすみ」とだけ言って寝室のドアを閉じてしまう。そのときの彼女の表情は見なかったが、ぼくは、定年退職したら離婚するのかなと、ふと考えてしまう。この二年間、お互いの誕生日と結婚記念日のお祝いもしていないし、四年前に部長になった礼奈は、統括するシステムが増えたこともあり元日も理由をつけて出勤している。リビングに活《い》けられていた季節の花も、二年前からは空の花瓶があるだけだ。ぼくも礼奈も、古いＲ＆Ｂの歌詞のような味気ない毎日を送ってきた。ぼくたちは、もう五十二歳で、関係を修復するチャンスは、そう多く残されていない。

ぼくは、リビングに残されて、英語から北京語に翻訳した短いメッセージを、念のため日本語に再翻訳して内容を確認する。

（あの部屋に泊まれば、彼女の夢を見るかもしれないのだから浮気みたいなものか……）

ぼくが、取引打ち切りの挨拶を理由に、高校のころのガールフレンドの夢を見たくて大連に行くと本心を打ち明けたら、礼奈はどんな顔をしたのだろう。「安上がりな浮気」とあざ笑うのだろうか。それとも、礼奈と知り合う以前のガールフレンドを忘れられないでいるぼくに腹を立てるのだろうか。

ぼくは、英語と北京語の短いメッセージをホテルへの通信欄にコピー&ペーストして、予約を終わらせた。


礼奈との諍《いさか》いは、三年前に端を発している。

システムのエラーなら、原因が分かったあとは費用と時間さえ惜しまなければ修復できるが、夫婦関係ではそうもいかない。「三年前」とすぐに計算できるのは、それが参議院選挙の年だったからだ。最近、マスメディアが参議院選挙で、衆議院との同日選挙になるのかと報じてくれるので、いやでもその発端を思い出す。

三年前、北海道に住む義両親が東京に遊びに来た。義父は、十三年前までリベラル系の全国紙に勤めていて、最後は編集委員として退職している。新聞社の出世コースとは言えないが、礼奈は義父を尊敬していたと思う（彼女は義父の書いた社説を的確に見抜いて、それをスクラップしていた）。ぼくたちは、彼らの都内観光に付き合う必要もなかったので、夕食をともにしただけだった。けれども、その夕食の席で、礼奈と義父が言い争いになった。

退職前の十年間を東京本社に勤め、北海道で海産物に関しては新鮮なものを食べ慣れている彼らのために、ぼくと礼奈は夕食の店に苦慮した。その結果、「お父さんたちのホテルから歩いて移動できるならどこでもいいか」ということになり、有《ゆう》楽町《らくちょう》の天ぷら屋を選んだ。そこから、そんなに遠くない国会議事堂前では、憲法改正に反対する学生団体の抗議活動が行われていた夏だ。団体名をUS－NAVY《米海兵隊》の特殊部隊のような名前にし、髭《ひげ》を生やした学生が、ラップミュージックで一般市民や学生を扇動する姿がニュースになっても、ぼくと礼奈は静観していただけだった。その二年前、台湾の「ひまわり学生運動」と香港の「雨傘運動」で学生が主体の政治活動があったせいか、マスメディアは学生の彼らを必要以上に持ち上げた。その夜は、のちに主催者側の発表で四万人が参加したというデモが行われる直前の金曜日だった。

「俺は、新聞社のころの知り合いとデモに参加するつもりなんだが、礼奈も行かないか？」

それまで何を話していたかは覚えていないが、義父がそう切り出した。

「行かない。香港や台北に影響を受けただけで、見ていて痛ましい」

「おまえらの世代は、一番、政治に無関心だな……」

「学生運動を静観することと、政治への無関心は違うよ。幸宏もわたしも、ちゃんと選挙には投票している」

「どうして、受け身でいることしかできないんだ？」

ぼくは、義父の科白に、バブル期に就職したぼくたちに対する批判のような響きを感じて黙っていた。義母も、店員が食材ごとに運んでくる天ぷらを「これ、食べてくれる?」とぼくに言う程度で、夫と娘の会話に加わる様子はなかった。

「じゃあ、お父さんの勤めていた会社は、顔を公にした髭面の男子学生や、金色の髪の女子学生を雇う?」

「雇うだろうな。まぁ、リクルートシーズンになれば髭を剃ってくるだろうし、髪は黒くしてくる」

ぼくは、それを言ってしまう時点で義父より礼奈を支持した。香港や台北では、社員採用時の年齢差別がないし、企業も学生も日本とは雇用に対する考え方が違う。名門大学のメディア論の教授も、《つまらない大人から「学生運動なんかやっていたら就職に響くよ」とか言われても無視したほうがいい。本物のグローバル企業なら君らの争奪戦になる》とSNSで発言していた。

「どうかな……。そういう学生を新卒採用から排除してきたのは、お父さんの勤めていた大企業が筆頭だと思う」

「礼奈は、ちゃんと新聞を読んでいるのか?」

「日経《にっけい》とお父さんのところのも読んでいる。でも、地方紙だって彼らを雇わないと思う。まして、お父さんのところは無理だよ」

義父は不機嫌な表情で何かを言い返そうとしていたが、そこで義母が仲裁に入った。

「まぁまぁ、せっかく美味しいお料理をいただいているんだから……」

「放っておける問題か？」

「礼奈も、いまする話じゃないと思うよ」

ぼくは義母の仲裁に加担した。礼奈はそれ以上の口答えをしなかったが、三年経ったいま、彼女の言うとおりになっている。自主的に期間を限定した学生運動だったにもかかわらず、マスメディアどころか、彼らを支持して議席を増やした政党さえ、彼らの就職を後押しした話を聞かない。ときどき、インターネット・ニュースの記者が彼らのその後を伝えるが、どこかで三年前の活動を揶揄《やゆ》している感を拭《ぬぐ》えない。

礼奈は、それ以来、実家に行っていない。義母とメールのやりとりくらいはしているかもしれないが、食卓に義両親の話題が上がることもなかった。ぼくは、そろそろ義父を許してもいいと思うが、礼奈の頑固さは父親譲りなのだろう。たまに所用で東京に来た義父は、ぼくに連絡をくれて仕事帰りに居酒屋で会うようになった。義父もまた、礼奈のことを話題に挙げない。ぼくが、礼奈の近況を会話に織り交ぜても「そうか」とだけ言って、表情を見せたくないのかお猪口《ちょこ》をあおるだけだ（義父と飲んだあと、家で「元気そうだったよ」と礼奈に伝えても、彼女もまた「そう？」とだけしか応《こた》えなかった）。

そのころ、ぼくは、礼奈と同じ考えを持っているのだと思い込んでいた。

お互いに三十年近く、会社勤めをして、経営層がどんな人材を求めているか、自分にどんな振る舞いを求められているかは、いやというほど分かっている。礼奈がどの政党に投票しているかは当然聞いていないが、長い結婚生活で、彼女が義父と同様の政治思想を持っているのだろうとは思う。ただ、礼奈が個人の政治思想と企業活動は違うものだと割り切っているはずだと、ぼくは勝手に決めつけていた。

礼奈と義父の膠着《こうちゃく》状態の火の粉《こ》が自分に降りかかったのは、その翌春、二年前の新卒採用の季節だった。ぼくの勤務先では、新卒採用の書類選考ののち、課長職が手分けをして一次面接の対応をしなくてはならない。中学から私立校に通った学生はティーンエイジャになる前から受験勉強をしてきたのに、その最後のテストがたった二名の管理職で行われる面接かと疑問を感じる。けれども、それが日本社会の慣習なのだからと諦《あきら》めていた。ぼくの担当した土曜日に、偶然、そのデモの中心的メンバーだったと自称する学生が現れた。

「大学に入ってからの三年間で、勉学以外で力を入れていたことはありますか？

その成果を含めて、簡潔に教えてください」

お決まりの質問に、彼は、参議院選挙前のデモの話を始めた。

彼は、インターネットから入力する書類選考の履歴書にもそのことを記していなかったし、一次面接に際して人事部に送った履歴書の顔写真でもヒットしなかったのに、どうして、面接でその慎重さを解いてしまったのだろうと、いまでも不思議になる。人事部は、書類選考に際してインターネットで氏名の検索をしているし、一次面接前にも写真付きの履歴書を受け取って画像検索をしている。つまり、彼は、デモに参加した学生が就職で不利益を被《こうむ》ることを予測して抗議活動を行ったはずだ（あるいは、大学のサークル活動で三年次になれば誰《だれ》でも役職名がつくのと同程度の感覚で、「デモの中心的メンバーだった」と誇張したのかもしれない）。

もっとも、その話を聞かなくても、彼の併願企業には脈絡がなく、自社への志望動機もあやふやで、チェック項目に合致していなかった（新卒学生向けのサイトだけではなく、会社四季報かインターネットに公表している投資家向け資料を読めば分かるような自社の業務内容を知らなかった）。だからだったのか、ぼくは、彼が抗議活動の話を始めても止めなかったし、面接の最後に「オフレコだけれど、他の企業の面接では、その話はしないほうがいいよ」と彼に伝えもしなかった。

その日、十名の学生に三十分ずつの面接をして、くたびれて自宅に戻ったとき、ぼくと礼奈は、まだ仲のいい夫婦だった。礼奈は、ひとりでいるときはニュースと旅行番組くらいしか見ないので、リビングにはザ・カーズの〝You Might Think〟が流れていた。

「お疲れ。今日は、『土曜日に面接対応をした社員は、ちゃんと代休を取れるんですか？』って質問した学生はいた？」

それは、二年前、ぼくと礼奈の間で「もしその質問をする学生がいたら採用したいね」と話していた内容だった。礼奈は、部長職なので二次面接の担当だったが、そういった学生がいればチェック項目とは別の印象評価を「A＋」にして、礼奈の統括する事業部向きのコメントを書くことを話し合っていた。そうすれば、二次面接で礼奈の対応になる可能性が残る。

「いなかった。やっぱりさ、土日に面接時間を設けても、滑り止めにされるだけなんだよ。今日も十二名の予定が十名しか来なくて、ひとりは連絡もなかった」

ぼくは、ジャケットをソファに放って、ネクタイをはずしながらTVをつける。アメリカの新しい大統領が、地球温暖化対策の協定（パリ協定）から一方的に脱退すると表明したニュースが流れ始める。

「ねっ、オールディーズを聞いているほうがましだったでしょ？」

習慣的にTVをつけたぼくに、礼奈が笑う。ぼくは「まったく同感」と返事をしてTVを消した。礼奈がスマートフォンをスピーカーにつないで聞いているのが、〝You Might Think〟を収録したオリジナルのアルバムなら〝Drive〟はもう終わっているなと思う。ぼくが高校生のころに流行《はや》ったアルバムで、歌詞の意味も分からなかったのに、〝Drive〟を聞くと当時のガールフレンドを思い出す。

（大学生の男が彼女をドライブに誘ったのが、いやだったんだよな）

そんなことを考えながら、礼奈と土曜日の夕食を囲んだ。

「それで、めぼしい学生はいた？」

「どうかなぁ……。でも、去年の参院選のデモで運営をしていたっていう学生が来たよ」

もし礼奈と同じ企業に勤めていなければ、そんなことは言えなかったし、言わなくても済んだ。

「ちゃんと通してあげた？」

「落とした」

たぶん、ぼくのひと言を聞くまで、礼奈は、あの学生運動に対してぼくと同じ気持ちだと思っていたのだろう。ぼくよりも優しい気持ちで、彼女はパートナーとしてのぼくを信じていたのだと思う。

「どうして？」

礼奈の口調が急に冷たくなる。

「そこそこの企業なら、どこでもいいって感じだったし……」

「幸宏は、あの学生たちが就職に困るのを分かっていたんじゃないの？」

「でも……」

「デモに参加した学生を助けてあげるって言ったら語弊があるけれど、あの行動が正しいと思っていたから、わたしたちは、あのデモを静観したんじゃなかったの？」

礼奈は「でも」を取り違えていたが、それを正す隙《すき》さえ与えなかった。

「わたしなら採用した。入社すれば、その学生だって馬鹿じゃないんだから、二、三ヶ月も職場にいれば企業組織の不文律は学べる。その可能性さえ潰《つぶ》す権利が、幸宏にあるの？」

「ないと思う」

「そうよ。そうやって少しずつ、デモに参加しても企業側には受け容《い》れる用意があるって実績を残さなきゃ、結局、あのデモを馬鹿にした大人と幸宏は何も変わらない」

礼奈の言うとおりだと思う。けれども、ぼくは、面接の準備をせず、滑り止め程度にしか考えていない印象を与えた学生を落としたのだ。その反論をしたくても、礼奈は、有無を言わせずに裏切り者の烙印《らくいん》をぼくに押した。

「幸宏のしたことは、観光気分でデモに参加したお父さんと何も変わらない。せめて一次で落とさなければ、わたしが判断できたのに」

「お義父さんだって物見遊山でデモに参加したわけじゃないし、ぼくの話も聞いてほしい」

「言い訳をしたって、幸宏も同じことをしたのよ。せっかく、わたしたちでも、あの学生たちを応援できるチャンスがあったのに、それを潰しちゃったんだよ」

礼奈は、食べかけの夕食を残してテーブルを離れ、寝室に行ってしまった。そのとき、寝室のドアを開けて、彼女に反論を試《ため》せばよかったのかもしれない。けれども、学生の面接で疲れ切っていたぼくは、それを翌日に延ばしてしまった。

その「翌日」が、二年経ったいまでも訪れていない。


大連周水子《しゅうすいし》国際空港からタクシーに乗って、直接、取引先に向かいながら、大連の街は十五年で変わったなと改めて思う。十五年前も経済技術開発区としていくつか高層ビルが建っていたが、いまでは古びた建物を探すほうが難しい。空港には地下鉄が乗り入れているし、タクシーにもカーナビがついて、取引先の名刺を渡せば行き先を入力してくれるので、途中で運転手に地図を見せる必要もない。クレジットカードや電子マネーがどこでも使えて、両替も少額だけで済むようになった。

今回は金曜日の午後に着いて、挨拶と食事をして土曜日には帰国する予定なので、残っていた人民元を使い尽くすつもりで両替もしていない。

朝、礼奈にかけられた言葉を思い出す。

――ロクヨンから三十年の節目で、向こうはぴりぴりしていそうだから気をつけてね
ボストンバッグに一泊二日の着替えを詰め込んでいると、ツーピースを着た礼奈が、出勤前にぼくの部屋のドアを開けて言ってくれた。「おはよう」の挨拶もない朝が二年間続いていたので、ぼくは、彼女が部屋のドアを開けてまで声をかけるのを予想していなかった。不意のことに「ありがとう」とか「礼奈もいってらっしゃい」と返事をする前に、彼女は玄関を出て行ってしまった。「どうして、ほんの一、二分を待ってくれないのか」と思うし、すぐに返事をできなかった自分がもどかしい。

礼奈に言われて、六四天安門《ろくよんてんあんもん》事件のことを思い出し、念のために、電子書籍ブラウザに入っている本を確かめる。そのおかげということはないが、入国審査でつまずくこともなかった。

（礼奈は、どうして今朝にかぎって、出掛ける挨拶なんかしたのかな……）

彼女は本当に浮気を疑っていたのだろうかと、不安と苛立《いらだ》ちが入り混じった気持

ちで、ぼくは取引先への挨拶を終わらせた。夕食は、ぼくの好きなロシア料理店だった。同僚がいるときは、大連名産の海産物の料理店で接待を受けるが、ぼくは白酒《バイジュウ》が得意ではない（アルコールに弱いと言えばビールでも許してもらえるが、化粧箱入りの白酒を出されると、味の違いも分からないので申し訳なくなる）。けれども、張浩宇とふたりで食事をするときは、「せっかく大連にいらっしゃったのにもったいない」と笑われながら、ロシア料理店に向かうことが多い。

「しばらく、大連にいらっしゃらないのなら、ここでしか食べられないものを召し上がりませんか」

「東京には、ブリヌイをたくさん出してくれる美味しいロシア料理屋がないんです」

それに、今回は接待ではないはずなので、彼のポケットマネーということも考えられる。この街には割り勘の習慣がないし、彼は東京への出張の予定を教えてくれないので、お返しに東京で食事をご馳走《ちそう》することもできない。ひとりでも食事をしたことがあり、値段を知っている店のほうが気楽だった。

あるいは……とも思う。あの古いホテルに泊まれば、必ず彼女の夢を見られるわけではない。何をきっかけに、彼女の夢を見られるのか分からないので、この街で自由意志から選択した手順を踏んで、ホテルに向かいたい気持ちもあった。

「なんだか、ひさしぶりだね」

意外なことに、ぼくは夏実《なつみ》とホテルの部屋にいた。

「うん、ひさしぶり。でも、なんでホテルにいるの？」

「なんでって、岩峯君がどうしてもホテルに行きたいって、いつも言っていたからじゃない」

「そうだね」

「言っておくけれど、キスまでの約束は絶対だよ」

少し白髪の混じった夏実が言うので、ぼくは、それが夢だと気づく。彼女は夢の中でも生真面目《きまじめ》に歳《とし》をとる。彼女は、高校の制服のような群青のスカートに、オーバーサイズの白いブラウスを着て、開けた窓枠に寄りかかっていた。

高校生のぼくは、何度も夏実にセックスをしたいと言ったのに、「岩峯君とは、大学生になってから」と断られ続けた。ぼくは、その「岩峯君とは」の「は」が、どうにも寂しかったのを思い出す。ぼくたちが付き合い始めたのは、夏実から高校一年のときに「岩峯ってめずらしい名前だけれど、家族に満鉄《まんてつ》出身の人がいる？」と突然訊《き》かれたのがきっかけだった。ぼくは祖父が満鉄に勤めていたと聞いていたので、それを告げると、夏実は「じゃあ、わたしたちのおじいちゃんは知り合いかも。こんなところで、孫どうしが出会うのは運命だね」と髪をさわりながら笑っていた。それなのに、大学生と遊びに行く彼女に、ぼくは納得できずにいた。けれども、ぼくは、あの大学生と夏実がセックスをしていたのかを問い質《ただ》せないでいた。それを聞いてしまったら、彼女との恋愛関係は終わってしまう予感がした。

ぼくは、ベッドに腰掛けて、「もう五十二だよ」と小さく笑う。

「それって、ふた通りにとれるね」

夏実が、おかしそうに言う。ぼくは、彼女が笑顔になるときに髪をさわる仕種《しぐさ》は歳をとっても変わらないんだなと思う。

「どういう意味？」

「五十二になったんだからセックスをしてもいいだろうっていう意味なのか、五十二にもなったわたしは興味の対象外になったのか、ってこと。前者だと思っていたいから、答えなくていいよ」

夏実は三番目の理由を忘れている。けれども、夢の中でときどきしか会えない彼女に、ぼくは結婚したことを伝えたかどうかの自信を持てない。十五年前、三十七歳の彼女と再会したとき、ぼくは事実を伝えないという消極的な嘘をついたかもしれない。

「最近は、何かいいニュースがあった？」

夏実に聞かれて、ぼくは明るいニュースを探す。もし、夏実に結婚していることを告げていれば、妻と冷めた関係が二年も続いているのは明るいニュースになるだろうか。たぶん、ならない。夏実は、他人のこじれた恋愛関係を噂《うわさ》にするような性格ではなかったから、それを伝えても悲しい顔をするだけだ。

「うーん、思いつかない。TVは、気が滅入《めい》るニュースばかり流しているし……」

「そっか……。あのニュースはおかしかったよね」

ぼくは、彼女の言う「あのニュース」が何なのかをしばらく考える。老婆がいるころは、中国国内のチャンネルしか見られなかったので、内容が分かるニュースは限られていた。

「ブッシュ大統領が靴を投げられたニュースのこと？」

「そう、ブッシュ・ジュニアっていう人のこと」

夏実は、ニセアカシアの葉擦れの音が聞こえる窓枠に寄りかかったまま、思い出し笑いをする。

たぶん、十年以上前のことだ。9・11のあと、アメリカはイラクが大量破壊兵器を持っていると主張して、多国籍軍を中東に派兵した。そのイラク紛争を終結させるために、第四十三代アメリカ合衆国大統領のジョージ・W・ブッシュ氏が、事前報道もなくバグダッドを電撃訪問した。イラク首相との共同記者会見の場で、ブッシュ大統領はイラク人ジャーナリストから「イラクから、お別れのキスだ」と言われて靴を投げつけられた。ぼくは、そのニュースを大連の出張中に見ていた。このホテルのTVがまだブラウン管だったころだ。

ブッシュ大統領は、任期終了間近で、初めてWASP《ワスプ》以外の大統領としてオバマ氏が就任することが決まっていた。

「あのときのブッシュ大統領の顔ったら、まるでやんちゃ坊主みたいで『いま分かっているのはサイズ・テンの靴だった』って言っていた。岩峯君はそれを見て大笑いしていた」

「そうそう。そのあとのインタビューでも彼は『私は記者からの非難をかわすのは得意なんだ』って自慢していた」

ぼくも、夏実と同じように思い出し笑いをする。紛争当事国のイラク市民や派兵された兵士たちにとっては無神経だけれども、その短い中継だけを切り出せば、誰もがくすりと笑ってしまうような顔だった。この十数年間では、そんなことでさえ、明るいニュースの部類に入るのかもしれない。

「岩峯君は、あのイラク人記者が、刃物や薬物じゃなくて、会見場を出るときには誰にでも分かってしまう靴を投げたことを褒めて、アップルのウォークマンみたいな機械で、わざわざ〝Happy Christmas〟をかけてくれたんだよ」

「そうだった?」

「うん。それで、ジョン・レノンを真似《まね》て『ハッピー・クリスマス、志保《しほ》』って言ってくれた」

夜風に揺れる白いブラウスを眺めながら、ぼくたちに懐《なつ》いていた夏実の親戚の女の子を思い出す。夏実は、まだ幼稚園に通っていた彼女の世話を依頼されると、ぼくをデートに誘うのが定番だった。三人で過ごすと、夏実は女の子に聞こえないように「わたしたちって、夫婦に見えるかな?」とおどけた。その少女も、もう四十歳近くになっているのだろう。

夏実が顔のあたりで手を振るので、ぼくは、ユーカリの香油スプレーを彼女に渡す。

「あのあとさ、すぐに、パソコンで靴を投げるフリーソフトのゲームが出回ったりしたんだ」

「フリーソフトって?」

「お金のかからないゲーム」

ぼくは、その後日譚《ごじつたん》については、夏実に話したくなかった。イラク人ジャーナリストは当然のごとく逮捕されて有罪になったし、それを真似した学生が、イギリスを訪問中の中国の温家宝《ウエンチアパオ》首相に、天安門事件への抗議として靴を投げつけて逮捕された。そして、イラク紛争という名前の戦争は終わっても、中東地域は泥沼状態のままだ。

「岩峯君は、あのとき、旅客機よりも先に靴が投げつけられていれば世界は変わっていたかもしれないって言っていた」

夢の中のぼくは、そんな無邪気なことを言っただろうか。

「夏実は、よくそんなことまで覚えているな」

「うん。岩峯君が高三でバンド・エイドの〝Do They Know It's Christmas?〟のニュースを見て、電話口で泣いていたのも覚えている」

「泣いていないよ」

「じゃあ泣きそうになっただけにしてあげる」

その夜のことは、いまでも覚えている。けれども、泣きそうになった理由が違う。

その日、ぼくは、共通一次試験の前で、クリスマス前の日曜日か土曜日だったのに夏実とデートをする余裕がなかった。推薦入学が決まっていた彼女は、件《くだん》の大学生と映画館に行ったあとの電話だった。ぼくは、母が電話を取り次ぐまでザ・カーズの〝Drive〟を聞いていたせいで寂しくなっただけだ。

「岩峯君はね、『こうやって世界は変えられるのかも』って言っていた」

「忘れた」

「ひどいなぁ」

ひどかったのは夏実のほうなのに、と思う。

けれども、あのあと、世界は少しだけいい方向に舵《かじ》を切ったかもしれない。ぼくも妻もバブル入社と揶揄されるけれど、ベルリンの壁がなくなり、核兵器削減交渉に米ソ両国の首脳が合意して冷戦に終止符を打ったニュースをリアルタイムで知っている。そして、ぼくは、それが続くものだと勘違いして大人になった。

「岩峯君は世界を変えられる大人になった？」

「残念ながら、どこにでもいる会社員だよ」

夏実は、高校生のぼくに「世界を変えられる」と期待していてくれたのだろうか。ぼくは、世界を変えるどころか、憲法改正反対のデモに参加した学生ひとり、認めることができなかった。妻は「世界を変えられる」とまでは、ぼくに期待していないだろうけれど、デモに参加したくらいで大人は学生を拒絶したりしないと、採用面接で伝えられるとは期待してくれた。けれども、その期待にさえ応えられなかった。ぼくは、立ち上がって手を伸ばせば夏実を抱きしめられるのに、うつむくことしかできない。

「違うよ」

夏実が強い口調で言う。

「親の言うとおり、いい大学を卒業して、いい企業に勤めるつまらない大人になっても』って言っていた。だから、違うよ」

「あのとき、岩峯君は『こうやって世界は変えられるのかも』って言う前に、『親の言うとおり、いい大学を卒業して、いい企業に勤めるつまらない大人になっても』って言っていた。だから、違うよ」

そんなことを言ったかなと、顔を上げたときには、窓辺にいた夏実はいなくなっていた。

窓はぴったりと閉じられ、ニセアカシアの葉擦れではなく、エアコンの音が聞こえる。腕時計を見ると、まだ八時前だった。ぼくは、日本では九時のニュースが始まるころだなと思って、ハイアール製の液晶TVのスイッチを入れる。

スーツを脱いで、夏実に貸したはずのユーカリの香油スプレーを虫除《むしょ》けのために探すが、それは、夢の中の彼女が持って行ってしまったのか、エアコンがついた部屋に蚊が入ることがなくなったので持ってこなかったのかを思い出せない。

五十二歳になっていた夢の中の夏実を思い出すと、五年前に引退して行方《ゆくえ》の知れない老婆に似てきたような気がする。もしかすると、ぼくが偶然にこのホテルを見つけたときの既視感は、建物ではなく、視界のどこかに映った老婆のほうだったのかもしれない。ぼくは、祖父が満鉄に勤めていたと言っていた夏実に、このホテルは祖父たちと関係があるのかを聞けなかったことを残念に思う。

そして、夏実に「違うよ」と念を押されたことが、情けない気分にさせる。

ぼくは、大好きだった夏実の期待も、礼奈の期待も裏切って、大連の古びたホテルの一室にいる。

（ちゃんと話をすれば、礼奈は、ぼくへの期待をわずかでも残しているだろうか）

高校のときのガールフレンドの期待に応える術《すべ》は残っていなくても、妻の期待に応えるには、まだチャンスが残っているかもしれない。一度脱いだ上着を手繰《たぐ》り寄せて、胸ポケットのスマートフォンを探す。礼奈は、二回目のコールで出てくれた。

「何かあったの？」

落ち込んだ気持ちのせいか、すぐに電話がつながったせいか、礼奈の声が心配しているように聞こえる。

「何もないけれどさ……」

用事がないようでいて、何かを伝えたい電話を妻にかけるのは、二年ぶりだった。電話口の向こうで、礼奈も同じニュースを見ていることに気づく。ぼくは、千六百キロ離れた礼奈と同じニュースを見て、少しだけその距離が縮まるのを感じる。

「あの学生を通さなかったのは、デモの参加以前に、人事部のチェックシートでチェックを入れられる項目が足りなかったんだ」

「そう……」

「礼奈はぼくに期待してくれていたのに、裏切って、ごめん」

ぼくがそう伝えたとき、突然、TV画面が暗転する。停電かブレーカーが落ちたのかと思ったけれども、部屋の電気はついているし、エアコンも動いている。それに、TVの電源LEDもグリーンのままだ。

「ううん。わたしも……」

リモコンを探すのに、スマートフォンを落としてしまう。

「ごめん、ちょっと電話を落とした」

「こういうときに電話を落とすかなぁ」

「で、何？」

「幸宏がおっちょこちょいだから、何を言おうとしたのか忘れた。まったく……」

電話の向こうの礼奈があきれたように言う。

「ごめん。突然、TVが消えちゃったからさ」

「ああ、そうかも……」

（そうかもって、何が？）

「聞かせてあげる」

礼奈がスマートフォンのマイクをTVに向けたのか、ニュースの音が大きくなる。

それは、香港の逃亡犯条例に反対するデモのニュースだった。五年前の雨傘運動よりもデモの規模は大きく、学生だけではなく一般市民も多く参加していると報じる声が聞こえる。

　間違いなく、中国政府はそのニュースをブラックアウトしたのだろう。その証拠に、次のニュース（それはアメリカの中国製品の輸入関税の話題だった）になると、映像が元に戻る。

「聞こえた？」

「うん」

「わたしたちだって、本当のニュースを見ているのか疑わしいけれど、まぁそういうこと」

　ぼくは、部屋を見回してから「彼らは諦めないね」とだけ言った。

「彼らって、どっち？」

「帰ったら答える」

　ぼくは、「平凡な会社員と妻の電話まで確認するほど、中国政府も暇じゃないだろうな」とは思いながら、礼奈への回答を先延ばしにする。けれども、答えを濁したことで、ぼくの気持ちが礼奈に伝わってほしい。

「幸宏は、最近、出張ではスーツケースばかりなのに、どうして今回はボストンバッグにしたの？」

唐突な質問に、ぼくは「なんとなく……」としか答えられなかった。けれども、そのとき、自分が結婚していることを夏実に伝えたのを思い出した。

そのルイ・ヴィトンのボストンバッグは、十年くらい前の礼奈からの誕生日プレゼントだった。そのころ、夢で夏実に会ったとき、彼女から「岩峯君もルイ・ヴィトンのバッグなんか持つんだ」と言われて、ルイ・ヴィトンという以外、何の変哲《へんてつ》もないボストンバッグが、妻からの誕生日プレゼントになった経緯を彼女に説明している。

ウイスキィとビールくらいしかブランドを気にしないぼくに、礼奈は、誕生日プレゼントとともに、スマートフォンで撮ったそのバッグの広告を見せてくれた。ポスターは、ベルリンの壁に沿った道を走る車の後部座席で、モノグラム・ラインのボストンバッグとともに、初老の男性が疲れたような顔で窓の外を眺めている写真だった。

「この人、誰か、知っている？」

誕生日向けのデリカテッセンを並べた食卓の向こうで、礼奈が首をかしげる。

「ミハイル・ゴルバチョフ。ベルリンの壁が崩壊したときのソビエト連邦共産党書記長」

「幸宏が、答えられる人でよかった」

　礼奈は、ワインを注《つ》ぎながら笑顔になる。

「どうして？」

「職場の新入社員とパワーランチをしたときに、ヴィトンのお財布を持っている女子がいたから『この広告、いいよね』って見せたら、新入社員は誰も答えられなかった。おかげで、新入社員をテストした課長みたいになっちゃったよ」

　ぼくは、そうだろうなと、新入社員に同情した。彼らが小学校に通い始めたときには、ベルリンの壁はもう観光名所に変わっていたのだから、誰も責められない。

「でね、この広告のコピーがいいの。英語版では〝A Journey Brings Us Face to Face with Ourselves〟なんだけれど、日本語版のほうが格好よくて『なぜ人は旅をするのか。世界を知るため？　それともそれを変えるため？』っていうものなの」

「いいコピーだね」

　ぼくは、礼奈に同意して、乾杯をした。

「わたし、三十代くらいまで『同世代』って言葉をあまり信じていなかったんだ」

「ぼくもかな。信じていないっていうか、いまでも何かのときに同世代ですねって言われると、こそばゆい気分になる」

「最近、そうでもないのかなって思うようになった。成田《なりた》空港で滑走路に向かうときに迂回《うかい》する場所があるじゃない？　正直なところ、わたしは、四十年も空港建設に反対しつづける人の気持ちも、その背景も分からない。それと同じように、ゴルバチョフ元書記長を知らないで、この広告を見て何も思い出さない人たちがいるんだって思うと、同世代にしか通じないことがあるんだなって思う」

礼奈は、ワインをひと口飲んで、「知らないことが悪いとかじゃなくてね」と付け加えた。

ぼくは、ヴェトナム戦争について西側諸国の教科書でしか知らない。だから、ジョン・レノンの〝Happy Christmas〟を聞いても、ヴェトナム戦争を思い出さない。ジョン・レノンが射殺されたニュースは中学生のときだったけれども、それがそんなに重要な出来事だとも思わなかった。一方で、〝Do They Know It's Christmas?〟を無邪気に聞けなくなってしまっても、ジョージ・マイケルやフィル・コリンズがバンド・エイドに参加した意義は大きかったと思う。そう考えられることが、礼奈のいう「世代」なのだろう。

同じように、二〇〇一年九月十一日にニューヨークのワールド・トレード・センターが崩れ落ちるニュースをリアルタイムで見ている。そのときの焦燥感を、歳の離れた人に伝える言葉を持ち合わせていない。

「礼奈と同世代でよかったんだろうな」

「うん。幸宏はモノグラム・ラインなんて持ちたくないかもしれないけれど、ちゃんと使ってね」

「うん、大切に使う」

礼奈は、ぼくにどちらの「旅」を期待しているのかまでは言わなかった。

ぼくは、そのとき「妻はどっちの『旅』を期待してくれたのかなぁ」と間違いなく夏実と話している。その話をした一年後、ブッシュ大統領に靴が投げつけられた夜、夏実はオノ・ヨーコの真似をして「ハッピー・クリスマス、礼奈」とイラク紛争が終わったことを祝ってくれた。


今朝、礼奈がぼくの部屋のドアを開けて確かめたかったことを、ぼくはやっと気づいた。

「ぼくは、世界を変えるための旅なんてできそうにない」

貿易問題を伝え続けるニュースを聞きながら、夢の中の自分と同じようにうなだれて礼奈に言った。

「取引を打ち切るからって、自費でお詫《わ》びをしに行くくせに……。わたしだったら、そんな理由で有給申請する課長がいても相手にしない」

「有給の理由を質すのは、問題のある行為だよ」

ぼくは、礼奈も分かっていて言ったことを伝えるために、電話口で笑った。

「課長にもなって、そんなことを言わないでほしい。それとさ……」

彼女が何かを言い淀《よど》む。

「何？」

「今年は、出張先の警戒態勢を心配するんじゃなくて、三十年の節目をお祝いする年だと思っていた」

礼奈の声は寂しそうだった。この三十年間、彼女もまた、ぼくと同じように勘違いをして大人になったのかもしれない。

「そうだったね……。十一月には、ふたりでベルリンに行こうよ」

ぼくは、「世界を知るための旅だけどさ」と続けようかとも思ったけれど、自分を卑下するのをやめた。ぼくたちはまだ五十二歳だ。マスメディアが伝えるニュースが真実なのかも分からなくなったいま、世界を知るための旅にだって意味があるかもしれない。

「そんなことより、ちゃんと無事に帰ってきて」

ぼくたちは、「おやすみ」と言葉を交わして、電話を切った。

耳元が静かになって、耳を塞《ふさ》ぎたくなるニュースだけが静かな夜に流れ続ける。

礼奈との諍いが始まった夜、ぼくが犯した本当のミスは、ＴＶを消してニュースに目をつぶったことかもしれないと、ふと考える。いやなニュースでも、礼奈とともに「知る」ことから逃げ出さずにいるべきだった。ぼくは、エアコンを止めて、窓を細く開けてから、通話の切れたスマートフォンを音楽プレイヤーに切り替える。しばらく迷ってから、高校のとき、ガールフレンドと付き合っていたころによく聞いたスティーヴィー・ワンダーの〝I Just Called To Say I Love You〟を流す。

いつか、ラブソングが七時のニュースのBGMになる夜が来ればいいと願う。

閑話｜北上する戦争は勝てない

「藤《ふじ》はさ……、人が時空を超えられると思う？」

鬱陶《うっとう》しい梅雨の夕食のテーブルで、志保《しほ》に聞かれる。ひとり言かと思ってしまうような小さな声だった。

「どうかな。志保には、ここにいてほしいけれど……」

ぼくは、志保の科白《せりふ》の意図を分からずに無難な、あるいは意味のない言葉を選んだ。たった九ヶ月前は、あんなに明るかったのに、と思う。


去年の十月、ぼくたちは、十一回目の結婚記念日と、志保の管理職昇格と栄転の内定のお祝いをした。三十九歳での管理職昇格が早かったのかどうかは、勤務先の違うぼくには分からなかったが、志保によれば、昇格に伴った人事異動先の部署は、社内でも優秀な人材が集まる部署とのことだった。平日の夜だったけれど、ぼくたちはお互いに仕事を早めに切り上げる約束をして、結婚式の二次会でお世話になった渋谷《しぶや》のバーで食事をとった。定時後に不意の電話や短いミーティングが入っても遅刻をしないように七時に店で待ち合わせることにして、どちらかが先に着いたらビールと前菜までは食べてもいいことにした。それなのに、ぼくたちが会ったのは七時を数分過ぎた銀座《ぎんざ》線の終点の改札だった。

「志保……」

ぼくは、人混みの中をかき分けてパンプスで早歩きをする志保に追いついて、その腕に触れた。志保は、少し驚いたような顔で振り返って、それがぼくだと分かると笑顔になった。

「結局、ふたりとも遅刻？」

「帰り際に、明日の資料を確認してくれって言われてさ」

「わたしも」

「おかげで坂道を急いでのぼらなくて済む」

ぼくたちは、渋谷の繁華街から玉川《たまがわ》通りの工事中の歩道橋を渡って、ひさしぶりに手をつないで坂道を歩いた。

そんな夜があったことさえ、いまは信じられない。

去年の暮れ、志保は「少し早めに出社するから、一緒に通勤してほしい」と言い出した。志保の新しい職場の最寄駅を通るためには、地下鉄の経路を変えて十五分ほど家を早く出なくてはならなかったが、彼女の願いを聞き入れた。そのとき、ぼくは、「ラッシュだと痴漢に遭うのかな」と考えて、志保が家に引き返したくなる気持ちを押さえつけるために、ぼくを必要としているとは想像もしなかった。

ぼくは、二、三年前まで、自分や志保が長時間労働をしているとは考えていなかった。長時間労働の目安が週六十時間の勤務だとすると、一日七時間半、週五日勤務のぼくは、一週間に二十二時間半の残業をすることになる。そのくらいは普通のことだと思っていた。週に二回、終電で帰り、土日のどちらかに一回出勤するだけで約十八時間の残業が発生する。入社して一、二年目は与えられた仕事をこなすほうが多かったので、そこまでの残業はなかったけれど、それ以来、定時で帰れることとなんか滅多になかった。二十八歳で結婚してから、志保もだいたい同じような生活だった。

どちらかの手料理で食卓を囲むのは週末だけだったし、ふたりで夕食をとることがあっても、仕事が終わった旨のショートメールを送って、たまたま帰りの時間が合ったときに、家の近所の居酒屋か、どちらかがデリカテッセンを買うのが日常だった。

だから、志保から「途中まで一緒に通勤してほしい」と言われても、ぼくは長時間労働が限界に近づいていたサインだとは考えてもみなかった。

志保は、いつの間にか内科で軽い睡眠導入剤を処方されていて、朝、「そろそろ出掛けようか」と言っても、「今日は行きたくない」と答えるようになった。いまから思えば、そのときにはもう手遅れだった。ぼくも彼女も、職場で精神疾患に罹《かか》って休職をしたり、退職を余儀なくされたりした社員を何人も見てきた。けれども、ぼくが志保に心療内科か精神科への受診を勧めても断られた。健康保険組合の通院歴が、勤務先に秘匿《ひとく》されているとは信じていなかったし、抗うつ剤が仕事に与える影響も知っていたからだと思う。志保もぼくも、近所の内科医院で処方される薬で乗り切れると過信していた。

志保がジャケットの肩に頭垢《ふけ》がついていても気にしないようになって、ぼくは、初めて彼女がおかしくなっていることを認めた。彼女を半ば無理やりに心療内科に連れて行き、病気休暇を取得することを勧めた。それでも、志保が職場に病気休暇届を提出したのは、心療内科に通い始めてから二ヶ月後の三月になってからだった。

うつ病のいやなところは、そのときどきの本音が出てしまうところだと思う。

ぼくが、フィットネスジムに入会しようと誘っても、「そんなところに行くなら、短時間勤務でも出社したほうがいい」と言い返されるし、「いまはサバティカルみたいなものだと考えればいい」と言っても、「やっと管理職になれたのに、藤が病院に行かせたせいで駄目になった」と責められる。そして、数時間後に泣きながら謝られることが繰り返される。本来なら数時間後のことを考えて口にしない本音が、何のフィルターもなく言葉になってしまい、周囲を不愉快にさせる。友人に対しても両親や義両親に対しても同じだ。ぼくも、志保が妻ではなかったら、とっくに見放していた。

　志保が夫よりも大切にしていた蔵書も、桜が散ったころ、まとめて捨てられようとしていた。「古書店に出すと書いた人に迷惑がかかるから、資源回収のときに出しておいて」と言われ、ぼくは三十箱以上の段ボールをマンションの地下の粗大ごみ置き場に運んだ。いつかまた、志保が本を読むようになるかもしれないと思って、マンションの管理人に一日だけそこに置かせてもらい、翌日、宅配便の伝票を印刷して、それを義祖母が遺《のこ》してくれた文庫に送った。


　長時間労働、中でも労使協定を無視した残業は、アスリートのドーピングと同じだと思う。

　アスリートはドーピングが発覚したときの代償を知っている。けれども、ビタミン剤程度の認識で「コーチから渡されたサプリメントを飲んでいたら、たまたま好成績を残せた」くらいが、ドーピングに手を染めた発端だと思う。最初に、その「サプリメント」を飲んだ日のことなんて覚えていないかもしれない。

　ぼく自身、上司の許可なく残業をした最初の夜や、チームとしてではなく自分の仕事を片付けるために休日出勤をした最初の週末を覚えていない。風邪気味で遅れた仕事を取り戻すためとか、あるいは、まだ志保と結婚する前に、デートで早く帰りたい日のために深夜まで資料を作ったとか、そんな簡単な理由だったのではないかと想像する。

たいていは、そんなものだ。

二十代あるいは三十代前半のうちは、それでも身体《からだ》に異変は起きない。そこで仕事についていけなくなる社員は、企業と上司によって振り分けられて、管理職になるための研修やテストを受けずに済む。

終身雇用が主流の日本企業の残酷さは、その先にあると思う。

プロ野球選手であれば、規定打席数で打率三割五分を三、四年も続ければ、会社員の生涯収入くらいは稼《かせ》げるかもしれないし、ドーピングで身体が悲鳴をあげる前にコーチやスカウトマンになれるかもしれない。けれども、日本企業はそれを許してくれない。「大局的な視野で仕事をしろ」とか「もっと効率のいい仕事のやり方を考えろ」と言われて、一度上げてしまった業績を落とすことを許されない。歳《とし》とともに体力は落ちていくのに、仕事の量を増やされていく。残業という名のドーピングに身体が蝕《むしば》まれていると感じても、ドーピングをしていたことを打ち明けるどころか、さらなるドーピングに手を染めることを半ば強要される。

そんな社員を見ているはずの上司も同じだ。部下が長時間労働をしているのに気づかない上司はいないだろう。けれども、自分の担当するチームなり課が、部下のドーピングによって出した好業績を下げることは、上司からも企業からも許されない。自分の部下がドーピングを犯していることを知りつつ、さらに高く要求された業績を出すために、ドーピングをしていない部下にも暗にそれを要請する。同じように「社員の長時間労働を是正するために、今期は減益となり、配当も減らさざるを得ない」と株主にする説明する財務担当役員はいないし、株主もそれを許さないだろう。

一方で、同等の業績を出した同僚とボーナスの査定が同じでも、ドーピングをしている社員のほうが多く残業代を稼いでいれば、ドーピングに手を染めなかった社員も、ドーピングを魅力的に感じてしまう。本来ならドーピングをした部下のボーナスは、それにかかった残業代やタクシーチケット代を差し引いてもいいのに、上司は、長時間労働で疲れた顔をしている部下に「つらいのに、よく頑張っているな」と同情して、無意識にドーピングを褒める。

「効率的な仕事のやり方」なんてものが、そうそう考案されるわけがないし、管理会計や人事の情報も与えられないのに「大局的な視野」を持てるはずがない。

仮に、「働き方改革」を発明できる優秀な社員がいて、その彼（女）が毎日定時で退社していれば、ドーピングに蝕まれた上司や同僚から、深夜の職場で「あいつばかり楽をして」と陰口をたたかれるのが関の山だ。

それでも、ドーピングを黙認する上司の下にいれば、志保は救われたかもしれない。彼女が昇格とともに異動した部署は、過度な長時間労働を認めなかったらしい。おおっぴらにドーピングをできなくなった志保は、「どうして昇格できたのか」と疑われ、残業代という見返りも、サービス残業をして深夜帰宅になったときの上司の気遣《きづか》いの言葉もなくなった。ドーピングに蝕《おか》まれているのに気力でつなぎとめていた身体が限界に達し、壊れた身体は精神を侵した。

アスリートのドーピングが発覚したときと同じく、その代償に過去の好成績を剝《はく》奪《だつ》されたほうが、まだよかったと思う。そうすれば、彼女は、もう一度、彼女本来のキャパシティで仕事を続けるチャンスを得られたかもしれない。アスリートだったら先発メンバーに選ばれないゲームが多くなるとか、ピンポイントのストッパーになって薬物が抜けるまで技術で切り抜ける方法だってある。けれども、日本の企業で管理職になった社員が一般社員に戻れるケースは、ほとんどないと言っていい。

そして、長時間労働というドーピングは、なかなか発覚しない。企業は、ドーピングに身体が蝕まれて働けなくなった社員には病気休暇を与えて、自社がドーピングを行っていたことをマスメディアや労働基準監督署から隠蔽《いんぺい》する。アスリートに抜き打ち検査が入ったときに、入浴中だとかパートナーとの性行為中だとかと偽《いつわ》って時間稼ぎをするのと変わらない。

発覚しにくいドーピングが次々に開発されるのも似ている。ドーピングを知りながらスポーツ協会の理事になった人がアンチ・ドーピングを謳《うた》っても、自己血を採血しておいて再輸血する方法が考え出されたように、「働き方改革」と号令をかけられても、企業も上司も社員も発覚しにくい時間外労働の方法を考え出すだけだ。けれども、同じようにドーピングを続けているぼくが、志保の勤務先ばかりを責めてもどうしようもない。ただ、妻の疾病《しっぺい》を理由に短時間勤務を申請して、ドーピングをやめた。


「どうかなってことは、やっぱり、藤は時空を超えたことがあるの？」

志保は、ゆっくりと話す。抗うつ剤とアルコールの併用は医師から止められているが、彼女がぼくの出勤中にワインを飲むことがあったので、夕食のときだけワイングラス二杯まで飲んでもいいというルールをふたりで作った（そのルールを守っている志保は、大きなワイングラスを購入した。そういうところは、彼女本来の嘘《うそ》をつけない性格だと思う）。見晴らしがいいからという理由で選んだ高層階の賃貸住宅も、いまのぼくには、不安材料に変わってしまっている。

「そういう経験はないけれど、先週は『消えてなくなりたい』って言っていたから、そばにいてほしいって思っている」

「藤は心配性だね」

志保がそう言って一杯目のワイングラスを飲み干す。

（そんなに一気に飲んじゃったら、三杯目を飲みたくなるのに……）

「思い悩んだ顔で、そんなことを言われれば心配する」

ぼくも、いまの志保に対しては、あえてそのときの本音を話すことにしている。

「そっか……。今日さ、大手町《おおてまち》の丸善《まるぜん》に本棚を眺めに行った帰りに、変な人に声をかけられた」

「変な人って、どんな感じ？」

「うーん……、ホームレスってわけでもないんだけれど清潔でもないし……、やっぱりホームレスの老人かな。男の人……」

「相手にしないほうがいいよ」

志保は、ホームレスの人から視線を逸《そ》らさなくなったように思う。以前は、百メートルくらい先にホームレスの人を見つけると遠回りになる小道に逸れていたのに、病気休職に入ってからは、それがなくなった。

ホームレスとは違うし、語弊があることを承知で言うと、会社勤めの人が『ビッグイシュー』という雑誌を買うようになるのは、勤務先への不信感が募《つの》ったひとつのベンチマークだと思う。大半の人はそうではないかもしれない。けれども、ぼくがあの雑誌を買う理由は、ノブレス・オブリージュでもないし、働き口が見つからない人への手助けや同情でもなく、自分が企業の中で仕事をできなくなったときのための保険のようなものだと考えている。志保が精神疾患を患うまで『ビッグイシュー』の存在さえ気づかなかった。いまは、街頭でその雑誌を売っている人を見かけると、たいして興味のない見出しでも、それを買うようになった。ゴールデンウィークに志保と気分転換に旅行した台北でも、読めもしない繁体字版を買った。

「そうなんだけれど『佐倉《さくら》の家の嫁か』って声をかけられたの」

「薬局の袋でも、鞄《かばん》の中に見えたのかな？」

「ううん。手ぶらだったもの。そんなふうに声をかけられたら、藤も振り返るくらいはしちゃうでしょ？」

「そうだね……」

ぼくは結婚したときに志保の姓に名前を寄せたので、正確には「嫁」と呼ばれるのはぼくのほうだ（「嫁」ではなく「婿」だが、どちらも好きな言葉ではない。ぼくたちは、諸般の事情で「佐倉」の姓を選んだだけだ）。

「嘘をつくのも変だから『そうです』って答えたら、今度は名前も聞かれた」

三年前に他界した義祖母の家には奇妙な習慣があって、当主は植物か季節の名前をつけられるのだと教えられた。志保が素直に自分の名前を言うと、その老人はがっかりした様子だったので、彼女は「夫は藤です」と答えたとのことだ。

「そしたら、向こうもやっと納得したみたいで『渡すものがあるから、明後日《あさって》、佐倉の家の者を連れて来い』って言われたの」

「そんなところで、意地を張らなくてもいいし、何を渡されるのかも分からないのに行く必要はないと思う」

「意地を張ったわけじゃないけれど、『どうして、いま渡してくれないんですか？』とは聞いた」

「それで？」

「警察署に安置されている老婆の遺体なんか引き取っても仕方なかろう、って」

なんだかんだと余計なトラブルを拾うのも、うつ病になってからの志保の癖だ。けれども、ぼくもその話に興味を持ってしまった。

「つまり、明後日にはお骨《こつ》になっているっていうことかな」

「うん、そうだった」

誰のものかも分からない遺骨を受け取って、それをどうしろというのだろう。志保は、復職できそうな一年か二年先のことは不安を訴えるのに、そういった少し先のことを想像できなくなっている。

「それで最初の話に戻るんだけれど……、『その骨をあるべき場所に還《かえ》して来い』って言うの。さすがに乱暴な話だから『そんなことはできません』って答えたら、『佐倉の家の者なら時空を超えられるから簡単なことだ』って言われた」

「時空を超えられる？」

「うん。その人の話をまとめると、藤は時空を超えられる、ということになる」

志保は、二杯目のワインを我慢していたのか、そこまで話してからワインをグラスに注《つ》いだ。そして、残っていたワインをぼくのグラスに注ぎ足して、ボトルを空にする。今夜の志保は、唐突な出来事で思考が緊張したままなのかもしれない。

「でも、ぼくは、芹奈《せりな》さんとは血縁関係にないよ。もし佐倉家と関係のある人のお骨なら、志保のお父さんに頼むのがよくないかな？」

ぼくは、義祖母から「おばあちゃん」と呼ぶのを断られたので、彼女を「芹奈さん」と名前で呼んでいた。

「理性的に考えれば、藤の言うとおりだと思う。でも、その人がわたしを佐倉の家と関係があると見抜いて、しかも名前を聞いてがっかりしたことまで考えれば、別の根拠があって藤を指名したんだと思うの」

「志保が若いころの芹奈さんに似ていただけかもしれない」

「そうだったら『佐倉の嫁か？』とは訊《き》かれないと思う。その人は、娘とか孫ではなく嫁と言ったんだよ」

　ぼくが、二日後の金曜日、東京駅で志保と落ち合うことにしたのは、彼女の話を信じたというよりも、彼女の頑固さを知っていたからだ。たぶん、ぼくがついていかなければ志保はひとりでも出掛けたことだろう（その頑固さがあったからこそ、彼女は精神を壊すまでドーピングを続けたのだと思う）。


　その夕方、東京駅地下の蒸気機関車の車輪の前で、志保と落ち合った。最近はストレッチ素材の服ばかりだった彼女が、ワイドサイズの白のブラウスと群青のプリーツスカートを着ていて、デートみたいだなと思う。このところ、志保との外出は通院と、彼女の勤務先に毎月の病状経過を報告に行くときだけだった。

「めずらしいね」

「もしかすると、おばあちゃんの知り合いのお骨かもしれないから、だらしない格好だと……。白のブラウスはやめたほうがよかったかな……」

「似合っているから問題ないよ。終わったら、たまには飲みに行こうか」

「せっかく飲みに行っても、ワイン二杯だけじゃつまらない」

　ぼくたちは、時間も細かい場所も指定しなかったというホームレス風の老人を探すために、ベンチに並んで座ってあたりを見回した。地下道の支柱の電子ポスターで、気になっていた映画の予告が流れている。その老人は、いつの間にか目の前に立って、ぼくたちを見下ろしていた。

「おい……」

ぼくは、彼を見上げて、うつ病とか精神疾患という言葉は、めずらしく「ノイローゼ」というカタカナ語を日本語にしたものだなと気づいた。浮浪者をホームレスと言い換えても、何も解決しないのにと思ったせいだろう。

「ええ……」

自分だけ名乗るのも不釣り合いのような気がして、中途半端な返事をする。

「これを大連《だいれん》に届けてくれ」

てっきり骨壺《こつつぼ》を渡されるものだと思っていたのに、彼が差し出したのは五角形に折り畳まれた懐紙《かいし》だった。

「満州《まんしゆう》の大連ですか？」

「そうだ」

ぼくは、彼がうなずくのを確かめてから、なぜ自分は「中国」とか「遼東半島《リャオトン》」と言わずに、無意識に「満州」と言ったのか不思議になった。

「何のために？」

「そこに還すべき女だからだ」

ぼくは、掌《てのひら》の上で懐紙をなぞってみる。懐紙を解かなかったが、骨を砕いたものだと言われればそう思えるし、そこらへんの砂を包んだと言われればそのとおりのような、そんな感じの手ざわりだった。その小さく畳まれた懐紙を志保に渡すと、彼女も同じように懐紙の中に何かが包まれていることを確かめて、老人に訊く。

「祖母のお知り合いの方のものですか?」

「おい、煙草《たばこ》は持っているか?」

老人は、志保の質問に答えなかった。ぼくが「持っていない」と答えると、彼は顎《あご》で近くにあるキオスクを指す。志保が「いいよ、わたしが買ってくる」と言って、懐紙をぼくに返して立ち上がった。

「いくらなんでも、知らない方から大連に行けと言われて『はい、そうですか』とは答えられません。まずは、お名前くらい教えてください」

彼とふたりだけになると、周囲から異様なものに見られている視線を感じる。ベンチでぼくと志保のそばにいた人は、離れたベンチに移動しているし、通りがかる人も皆、ぼくたちを避けていく。

「イワミネだ」

ぼくは、その名前をどこかで知っていた。けれども、どこで聞いたのかを思い出せない。志保の祖母とは、生前によく食事をしていたから、その中で聞いた名前なのかもしれない。名前を思い出そうと黙っていると、老人のほうが言葉を続けた。

「まぁ、いい。佐倉の家の者なら、旅券を持たなくても大連におくれる」

ぼくは、老人の「おくれる」という言葉に漢字を当てはめるまで時間がかかった。

「送れる？　あなたが、ぼくを送りつけるということですか？」

「一服くらいさせろ。それから、あんた、あの女に薬を飲ませているのか？」

その「薬」というのをイリーガルなものと勘違いして首を横に振った。

「一昨日《おととい》、ここを通ったときは、耳が開いていなかった」

耳が開くという状態は分からなかったけれども、ぼくは、老人の言っている「薬」が抗うつ剤として服用しているＳＳＲＩだと、なんとなく分かった。

「医師が処方した一般的な薬です」

「医者なんて信用するな。大連でそれを開ければ分かるが、死んでも白い骨にならなくなる」

志保が煙草を買って戻ってくると、老人が喫煙所に向かってしまったので、ぼくたちは仕方なく後を追った。老人は、パッケージの封を切って煙草を取り出すと、小さなナイフでフィルターを切り落とす。老人とは思えない鮮やかな所作に驚かされる。近くにいた誰かの「きゃっ」という小さな声が聞こえた。

「大連に行ったことはあるか？」

老人に聞かれて、ぼくも志保も首を横に振った。

「大連で何か想像できることはあるか？」

志保は「旧満鉄《まんてつ》本社？」と答えたが、老人に「あんたに聞いているんじゃない」と一蹴《いっしゅう》された。

それが、ぼくの思考にどこからともなく湧《わ》いた大連のイメージだった。

「北上する戦争は勝てない」

「佐倉の家の者だけのことはあるな……。それでいい。北上する戦争は間違いなく勝てない。いいか、これから少しの間、それだけを考えろ」

ぼくは何を言えばいいのかを分からずに、煙草を吸う老人を眺めた。

「いまから行くホテルの裏庭に、この骨を還して来い」

「ホテル？　どこのホテルですか？」

「余計なことは考えるな。骨は持ったか？」

「ええ」

「北上する戦争は勝てない、それだけを考えろ」

志保が何かに怯《おび》えて、ぼくの手を握ったとき、煙草のフィルターを切り落としたナイフが、耳元をすっと素早くかすめた。一瞬、志保の声も雑踏も聞こえなくなった。

そこは夏が始まろうとする夜だった。たぶん大連なのだろう。

あの老人はホテルと言っていたが、義祖母の家のそばにあり、ぼくが受け継いだ文庫の建物に似ている。蓋《ふた》を切り取った一斗缶《いっとかん》は吸い殻入れか何かだろう。半月が建物の合間を通り過ぎていくところだった。北海道によくあるニセアカシアの小さな白い花が、風に乗って、月明かりを吸い込んでいる。

「北上する戦争は勝てないって、クラウゼヴィッツか誰《だれ》かの言葉？」

隣にいた志保に聞かれる。

「分からないけれど、あの老人を見ていたら、そんな気がした」

「ふーん……。なんだか、知っているようで知らない場所だね」

「うん……」

ぼくは、掌の中にあった懐紙の包みをどうしようかと迷っていた。そのまま置いていけばいいのか、土に埋めればいいのか、懐紙を開けて撒《ま》いてしまえばいいのか、それを老人に聞かなかったことを後悔する。

「それ、どうするの？」

「ぼくも分からない。それより、志保はこの状況で、よく落ち着いていられるね」

「藤と一緒なら、なんとかなりそう」

そう志保に聞いたぼくも、意外なほど、異様な状況を受け容《い》れていた。

「懐紙に包んだままだと、ごみと間違われて捨てられちゃいそうだから、撒くのが適当かな」

「藤に任せるよ。あの人、わたしを相手にしていなかったから」

ぼくは、折り畳まれた懐紙を中身がこぼれてしまわないように開いた。老人が言っていたように、灰になりきれず、小さく砕かれた骨は白くなかった。懐紙の白さと月明かりに反して、紫とも灰色ともつかない、不吉の終焉《しゅうえん》のような色だった。

「本当にお骨なのかな」

それを見た志保が言う。ぼくは、老人の「死んでも白い骨にならなくなる」という言葉を思い出す。同時に彼は「一昨日」とも言っていた。

「志保、もしかすると、この一、二日、薬を飲むのを忘れている？」

志保は、しばらく裏庭のニセアカシアの樹《き》を見上げて、「ああ、そうかも……」と答えた。心療内科に付き添ったときに、抗うつ剤の服用を突然やめることは危険なので、必ず減薬の処方を受けるように言われている。けれども、ぼくは、志保を見ながら、二日間、服用を忘れていても、つらそうな顔をしないのならば、減薬はせずにこのままやめてしまってもいいのかもしれないと、ぼんやり考えた。

「あのアカシアの樹の根元でいいんじゃないかな……」

どのくらいぼんやりしていたのだろう。志保にそう言われたときには、建物の間を横切る月の端が屋根にかかっていた。

「何が?」

「お骨を撒くところ」

悩んでも正解のなさそうなことだったので、ぼくは「そうだね」と答えた。それに、ホテルの喫煙所になっている裏庭なら、早めに退散したほうがよさそうだ。

(どこへ?)

そう思ったが、ぼくは、遺骨が風に飛ばされないように懐紙を折って運び、ニセアカシアの樹の根元にそれをこぼした。志保は手を合わせていたが、ぼくは、それもなんだか変なような気がして、しばらく葉擦れの音を聞きながら夜空を見上げた。

「ここにいてもしょうがなさそうだから、少し歩こうか」

志保がうなずいて手を握ってくる。

「たぶん、時空を超えられるのは藤だけだから」

「どうかな……」

ここへ飛ばされたときは志保に手を握られていたので、ぼくたちは手をつないだまま裏庭の開き戸を開けて街路へと出た。

「あの樹はアカシアじゃなくてニセアカシアだよ。芹奈さんが言っていた」

「ふーん……」

「アカシアの花は黄色なんだ」

「ところで藤は中国語を話せないよね？」

ぼくは首を横に振った。

「先月、台北で気づかなかった？」

「じゃあ、わたしが話せないのも知っているよね」

街はたしかに日本ではなく、通りを走る車のナンバープレートも、信号機も違う。台湾ではなんとなく分かった看板の意味も、簡体字になると日本の漢字とうまく結び付けられない。

「この坂をのぼった先にトラムが走っていると思う」

「どうして分かるの？」

「なんとなく……。ぼくは、この街を知っていたかもしれない」

「そういうのって、あるよね。何かの拍子に、忘れていたことさえ思い出しちゃうこと」

ぼくたちは、手をつないで、だらだらと続くニセアカシアの並木道を歩き続けた。そういえば、この街は坂道が多かったよなと思う。

「わたしも、さっき、初恋の人を思い出しちゃった」

「初恋の相手は、さすがに忘れないいんじゃないかな」

「藤は、どんな人が相手だったの？」

ぼくは、「中学校の先生」とだけ答えた。

「わたしは、親戚のお姉さんの恋人だった」

「お互い、ありがちだね」

「そうでもなさそうだけれど……。小学校に上がる前、母が息抜きで家を空けると、親戚のお姉さんが幼稚園に迎えに来て、家で一緒に遊んでくれたの」

「幼稚園は早いな」

「うん、だから藤とは違う。でも、彼女は途中から恋人と一緒に迎えに来るようになって、三人で遊ぶようになったんだ」

「その人が初恋の相手？」

「たぶん……。わたしが遊び疲れて昼寝をしちゃうと、お姉さんとイワミネ君はキスをするから、必死で寝ないようにしていた」

ぼくは、何かがひっかかった。

「イワミネ君？」

因果が逆転する。きっと、ぼくは何かを察して、老人の名前を志保がキオスクに行っている間に聞いたのだ。

「うん、イワミネ君。そのお姉さんの名前も思い出せないのに、彼のほうはよく覚えている。さっきニセアカシアの樹の下で黙禱《もくとう》したとき、夢の中みたいにその人が頭に浮かんで、あのホテルの部屋で少し話をした」

「そのお姉さんの恋人って、何歳くらいだったの？」

「お姉さんもイワミネ君も高校か中学の制服を着ていたから、ティーンエイジャだったんだと思う」

その人が高校生だったとしても、幼稚園児とは十三、四歳しか離れていない。東京駅の地下でナイフをかすめてきた老人は、五十代だったということだろうか。そんなはずはないと思う。話し方も足取りもしっかりしていたが、若くても七十歳前後にしか見えなかった。

「急に黙り込んで、どうしたの？」

「ううん……。高校生くらいまでは、歳上には敵《かな》わないよなって考えていただけ」

「北上する戦争は勝てない、みたいなもの？」

志保がそう言ったとき、鋭利な何かが耳元をかすめた。

ぼくたちは、手をつないで喫煙所にいた。

「藤、耳から血が出ているよ」

志保が、ハンカチで耳を押さえてくれる。

「戻ってきた……んだよね？」

「そうみたい」

けれども、あの老人の姿はもうなかった。代わりに、志保が老人のために買った煙草が排煙装置のついたテーブルに置かれている。ぼくが耳にハンカチをあてていると、志保が煙草のパッケージをとって中身を見ている。

「二本だけ残っている」

志保が、そう言って、パッケージの中を示す。

「志保は、どこか痛いところはない？」

「うん。さっきまでのって、何だったのかな……」

「分からない」

とても現実だとは思えないけれども、志保の髪にニセアカシアの小さく白い花がひっかかっている。

「北上する戦争……」

ぼくは、そう言いかけた志保の唇に指をあてて続く言葉をさえぎった。

「もう、どこにも行かなくていい」

「そうだね……。藤は覚えている？」

「大連のこと?」

「そうじゃなくて、終わったら飲みに行こうかって言っていたこと」

「ああ……」

ぼくは、そんなことも話したなと思ってうなずいた。

「ワイン二杯って、ビールに換算するとジョッキ何杯?」

「志保……」

「何?」

「もし、抗うつ剤をこのまま飲まなくても済みそうなら……」

「酔っ払うまで飲んでもいいの?」

ぼくは、黙ってうなずいて、二本だけ残った煙草のパッケージを手にした。

「吸うの?」

「きっとお線香の代わりなんだと思う」

近くにいた男性からライターを借りて、ぼくたちは煙草に火を点《つ》けた。

「まずっ。こんなものを吸う人の気が知れない」

ぼくがそう言うと、志保に「喫煙所でそれを言っちゃ駄目だよ」と諭《さと》される。ぼくたちは、四分の一も吸えなかった煙草を灰皿に落として、丸《まる》の内《うち》の地上に出る。

「どこで飲む?」

そう言って振り返った志保の髪には、まだニセアカシアの花がひっかかっている。半月の明かりを反射した白い花は、彼女にとてもよく似合っていた。

東京駅丸の内口、塹壕の中

政府から軍への召集令状が郵送で届き、指定の医療機関で健康診断を済ませる。健康診断の結果はコレステロール値に問題があった他は、四十三歳としては「優良」というものだった。診断結果の封筒は三センチほどの厚みがあり、勤務先への提出書類、二年間の兵役中に免除される住民税の申請書、任意で加入している生命保険会社への提出書類、その他の様々な申請書と国民としての義務が記された資料が同封されていた。それらの手続きに五日ほどかかる。いつの間にか、徴兵に関しては土日でも区役所で手続きが可能なように東京都の条例が改正されていた。

勤務先から、兵役後の再雇用を保証する覚書《おぼえがき》が返却されたのは、訓練施設に入営する期限の二日前だった。手続きの間、ひとり暮らしの賃貸住宅を引き払い、実家に荷物を預けることも考えたが、その暇はなく、ハウスクリーニング業者に部屋中の掃除を任せただけで終わった。

出征の前夜、冷蔵庫はすでに電源を落としていたし、ごみ収集日とも日程が合わなかったので、必然的に外食となる。両親と食事をするのも、余計な心配をかけるだけなので億劫《おっくう》だった。昼過ぎに、前妻に「夕食をともにできないか」とメールを送ったが、返信は来なかった。仕方なく、近所の寿司《すし》屋で食べたいネタだけを注文した。板前は、ぼくの事情を察したようで（もしかすると、酔っ払って自分から、召集令状が届いたことを言ったのかもしれない）、会計の際、だいぶ値引きをしてくれた。

酔っ払って部屋に戻り、友人や以前のガールフレンドに電話をかけたような気がするが、何を話したのかも、あるいは電話がつながったのかも覚えていない。恨み言を並べたとしても、二年間は会わなくて済む。ぼくは、正直に自分の気持ちを吐《と》露《ろ》したことだろう。

夜更《よふ》けに目が覚めて、夢かと思い、飲み過ぎを反省する。

ゆうべは、地方のクライアントとの会議だったので、羽田《はねだ》空港から直帰し、めずらしく、飲み過ぎるまで飲める時間があった。早朝ミーティングのために、出勤の支度《したく》を始める。午前八時から社員のボーナス査定のミーティングが入っていた。社員の査定は、課長以上の管理職だけで行うので、定時前にスケジューリングされている。プロジェクトに割り当てられたAからDまでの評価には、それぞれ人数が決められており、成果を挙げた社員すべてにA評価を与えられるわけではない。四人の課長は、できれば、自分の部下に良い評価を与えたいと考えているから、あまり気持ちのいいミーティングにはならない。

（兵舎に行くよりは、ましか……）

そう考えながら、シャワーを浴びる。

勤務先のシステム開発のプロジェクトは、一番きつい時期を越えていた。先月までの二ヶ月間、家賃を払うのが馬鹿《ばか》らしく思えるくらい、自宅にいる時間がなかった。深夜一時近くに、職場からタクシー会社に電話をし、名前を告げる。机の上を片付けて社員通用口を出ると、見慣れたタクシーが待っている。深夜料金で、横浜から木場《きば》までだ。しかも、運転手には好都合なことに、どちらも高速道路の出入口の近くなので、時間にすると三十分もかからない。「お疲れさま」と言われたあとは、住所を言わなくても、運転手がカーナビで家まで連れて行ってくれた。手取りを日給に換算すると約三万円になるが、「その半分以上がタクシー代か……」と思う。

二ヶ月間のピークの後半には、洗濯をしていないシーツが気持ち悪くなったのと、通勤時間を睡眠に充てたくて、職場近くのビジネスホテルに泊まるようになった。深夜二時にインターネットで予約すれば、五千円前後の部屋が見つかる。十数回のうち二回だけだったが、小さなライティングデスクの椅子《いす》に座らないと目につかないベッド脇《わき》に、使用済みのコンドームが残っているような部屋だ。リネン類は替えられていたので、深夜のフロントに文句を言う気力も削《そ》がれている。革靴の先で、それをベッドの下に蹴飛《けと》ばす。

「デスマーチ（Death March）」と揶揄《やゆ》されるプロジェクトは、初めてではない。二十年間の会社員生活では、むしろ、そういったプロジェクトのほうが多かった。経験則から、そのピークは、長くても三ヶ月は続かないことを知っている。二ヶ月もそんな状態が続けば、社員の家族が本社に「夫（妻）が家に帰るのが遅すぎる」と密告してくれる。残りの一ヶ月は、不払いの残業代、深夜・休日手当の再計算に追われて、ピークの三ヶ月が終わる。

今回は、内部告発もなく、何人かの社員が出社できなくなっただけで（「体調不良」との報告だが、抑うつ症状だろう）、二ヶ月で乗り切ることができた。出社できなくなった社員には申し訳ないが、この手のプロジェクトには必要悪だと思っている。うつ病は、この会社にいるかぎり寛解《かんかい》するのが精一杯だから、社会的殺人と変わらない。けれども、物理的な死を自ら選択されて裁判沙汰《ざた》になるよりはずっといい。「学生の就職先人気ランキングにも名前が載るような大企業が、殺人を犯したりするわけはない」と信じている社員の家族は、大企業や社会的に有名な企業ほど、社員が代替可能であることを知らない。ぼくの勤務先あるいはグループ会社に転職したいと考えている、同業の中小企業の社員はいくらでもいる。約二年のプロジェクトで十人弱の社会的殺人を行っても、管理職の減点にはならない。だから、うつ病になりかけた社員を見かけても、上司はおざなりの面談をするだけで、業務量を減らすことはせずに、「もっと効率的な仕事のやり方を考えろ」としか言わない。

一ヶ月前、やっと乗り切ったと思ったのに、睡眠リズムがもとに戻らなかった。もともと五時間も眠れば、次の日の勤務に支障を来さない程度の回復はできたのに、その五時間を続けて眠れない。十二時過ぎに、ひとり暮らしの部屋に戻り、コンビニエンスストアで買ってきた軽食と缶入りのハイボールを飲みながら、前日の朝刊に目を通して、午前一時過ぎにベッドに入る。念のため、五時五十分にアラームをセットしているのに、目が覚めるのは四時前だ。

まだ朝刊も届けられておらず、部屋にいても空腹を覚えるだけなので、仕方なく五時過ぎに自宅を出る。ほとんど始発に近い時間の地下鉄が空《す》いていたのと、東京から横浜までの東海道線で、グリーン車ではなくても座れたせいもあり、身体《からだ》の自然な寝起きに任せた。

東京駅で、地下鉄の駅から早足で歩けば、ちょうどいい接続の東海道線があったが、身体がだるく足が気持ちに追いつかない。丸《まる》の内《うち》北口の地下にあるガラス張りの喫煙所で、二十分後の次の電車に合わせて、煙草《たばこ》を吸うのが習慣化した。喫煙所では、浮浪者が灰皿の吸い殻を漁《あさ》っている。灰皿の下には水を張った容器があるので、灰皿の網に引っかかった吸い殻を集めているようだ。

早朝の喫煙所は人も少なく、空気清浄機付きのテーブルの向こうで、ひとりの老人が喫煙所をのろのろと徘徊《はいかい》している。臭《にお》いがきついのか、何人かのスーツ姿の男たちが彼を追い払う。最後にぼくが、老人に選ばれた。ぼくは、彼の臭いがあまり気にならなかった。職場に行けば、饐《す》えた臭いをさせた社員が何人かいるし、胃を痛めているのか口臭がひどい社員は男女問わずに多い。その老人は、彼(女)らとたいして変わらない。

老人は、たぶん、二本の煙草をそこで吸い切るぼくの習慣を知っている。だから、初めは、ぼくをターゲットにしなかったのだろう。ぼくは、まだ半分残っている煙草を、気まぐれに老人に差し出した。彼は、最初、その意味が分からなかったのかもしれない。くぼんだ瞳が不審そうに見えた。

「しけもくよりは、美味《おい》しい」

ぼくは、灰皿のふちに、吸いさしを置いて、新しい煙草に火を点《つ》ける。老人は、吸いさしを持って、喫煙所の隅に行ってしまったので言葉を交わすことはなかった。

部長と、ぼくを含めた四人の課長で、部下の誰を軍の徴用に出すかを相談している。部長から説明があったわけではないが、夢の中のぼくは、社員が千人以上の企業は、千人につき三人の徴兵を政府が義務付けたことを知っていた。

「そんなの本社の病休明けで出社しているだけの奴《やつ》でいいんじゃないの？　こっちは、まだプロジェクトが終わっていない」

課長のひとりは、こんなミーティングは早く終わらせたいと言わんばかりだ。

「徴用前の健康診断にはメンタルチェックがあって、それに通らなければ、チェンジを要求される」

部長が苦々しい表情で言う。民間企業の考えそうなことは、政府だって先手を打っている。

「女性社員でも、問題ないんでしたっけ？」

「女性が輝く社会だからね」

冷めた笑いに、女性の課長だけが顔をしかめる。誰《だれ》も口にしないが、女性社員には気を遣《つか》う。労働基準法の母性保護規定で、妊産婦から請求があれば「他の軽易な業務に転換」する必要がある。繁忙期のプロジェクトで法規を遵守しても、本社が彼女の能力に見合った代替社員を補充してくれる保証はないから、自チーム内で仕事のやり繰りをしなければならない。それでも、妊娠したことを伝えてくれれば、こちらとしても助かる。独身の女性社員は、それを言えずに仕事を続けてしまいがちで、本人も管理職も後味の悪い結果になりかねない。

会議室にしばらく沈黙が続く。こんなミーティングは、うんざりだ。四人の課長のうち、誰かが生産性を落とす貧乏くじを引かなくてはならず、選ばれた社員の家族からは恨まれる。

「ぼくのチームの菅野《かんの》でいいよ」

ぼくは、生産性のない会議を早めに終わらせたくて、自分の部下の名前を挙げた。

「でも、彼、新婚じゃなかった？」

誰かが言う。

「おかげで、まる一週間、新婚旅行に出掛けられた」

それは社員の当然の権利だったが、パーティションで区切られただけで、同じフロアで仕事をする下請け企業の社員から嫌味を言われた。それに、新婚家庭の家族は、三六《さぶろく》協定を無視した違法残業に対して密告者になりやすい。

「鈴木《すずき》課長がそう言ってくれるなら、こっちは助かる」

部長の表情が、少し明るくなったような気がする。ぼくは、交換条件を出す。

「代わりに、今回の選別は、社員番号を使ったアトランダムで選んだことにしてください」

「了解」

どちらにしても、召集令状は、政府から本人に直接、内容証明郵便で届けられる。社員は薄々気づいているかもしれないが、深夜の会議室で、たった五人の管理職が決めているとは、表向きは知らないことになっている。

「お疲れさま」

そう言い合って、会議室の時計を見上げると、もう六時だ。仮眠を取りたいと思ったところで目が覚めた。

部屋はまだ暗く、枕《まくら》元の時計を見ると四時前だ。もう一度眠れないことを知っていたので、部屋の明かりをつけ、前の晩に用意しておいたコーヒーメーカーのスイッチを入れる。

シャワーを浴びながら、先月、ピークの最中に旅行に行った部下を、心の中では恨んでいたのかと反省する。ぼくが担当しているチームは、プロジェクトが始まると結婚、離婚が増える。クライアントとの調整を任されていて、社内で下請けを相手にしているチームよりもストレスが溜《た》まる。離婚は仕方がないにしても（それだって、帰宅できないことが常態化して、そのうちの何回かを残業のせいだと嘘《うそ》をつくせいだろう）、結婚が増えるのは、遺伝子存続の危機感を持つからだろうか。正社員六名のうち、一度も結婚していない社員がふたりいるのに、彼の結婚で、チーム全体の結婚した回数が十二回になった。

その朝、ぼくが喫煙所で煙草に火を点けたときには、いつのまにか、老人が目の前に立っていた。ぼくは、ふた口目で、吸いさしを彼に渡して、新しい煙草に火を点ける。パッケージから新しい煙草を渡さないのは、海外旅行のときの癖かもしれない。二十本入りのパッケージが千円近い街では、他人がさわったフィルターに口をつけるのはいやだろうと思ってパッケージを差し出すと、それごと持って行かれることがままある。

老人が、小さなナイフをポケットから出したときは、パッケージを差し出さなかったのが仇《あだ》になったかと焦った。けれども、老人は、いつもの鈍《にぶ》い仕種《しぐさ》からは想像もできない手際よさで、フィルターだけを切り落とす。

「あんた、いい煙草を吸っているな」

それが、老人の口から聞いた最初の言葉だった。

(そりゃ、しけもくを集めて、辞書のページか何かで巻いた煙草よりはましだろう)

ぼくは、彼を相手にしなかった。

「キューバ産とは驕《おご》ってやがる。最近の煙草は、フィルターなしだとまずくて吸う気にならん」

老人の言うとおり、フィルターにキューバの先住民の横顔がプリントされた煙草を吸っている。ぼくは、老人に厚意で煙草を渡したわけではないので、「そうかな」とだけ答えた。

「おい、もう一本、寄越《よこ》せ」

ぼくは、面倒くさくなって、新しい煙草を一本、老人に渡す。彼は、再び見事な手つきでフィルターを切り落として、空気清浄機付きのテーブルに落ちたフィルターを薄汚れた上着のポケットに入れる。

「フィルター付きの煙草はやめろ。ザンゴウから出た時間をキャッツラに教えるようなもんだ」

老人は、ぼくから受け取った煙草をくわえながら、喫煙所の端っこに行ってしまう。老人の科白《せりふ》の真意を知りたくなったが、彼についていく気にもならなかった。

職場の近くで朝食を取り、七時半に職場に着いたからといって、定時に出社した社員より、一時間半、早く帰れるわけでもない。寝不足でいらいらする時間が長くなるだけだ。

TV会議を使って、別の開発拠点でプログラムのテストをしているチームの進《しん》捗《ちょく》を確認する。計画より三日遅れている。

「三日程度の遅れなので、土日で取り戻せます」

TV会議の向こうの担当者が言う。

（いままでも、土日を使って作業をしてきたくせに……）

そう思いながら、釘《くぎ》を刺す。

「それならいいけれど、三日程度っていうのは、一ヶ月単位にすると、テン・パーセント以上の遅延だよ」

法定休日に土曜日を加えれば、一年間の稼働日数は約二百四十日しかない。実際には、それに労使協定で定められた二十日間の有給休暇と、一週間の夏季休暇、年末年始休暇が加わる。福利厚生に力を入れているというアピールのおかげで、この企業の社員の年間稼働日数は、二百日余りしかない。三日の遅延は、年間ベースに換算すると一・五パーセントに該当することを、たぶん、遅れを取り戻すと断言した社員は気づいていない（祝日を増やし続ける政府も気づいているか怪しい。法定休日を一日増やせば、単純計算で〇・三パーセントの損失が発生する。GDPベースでは、一兆円以上の減少だ）。

あきれていると、相手チームの課長が、担当者を擁護するつもりで言ったのだろう。

「月末の納期は、死守させます」

ぼくは、思わず、手許《てもと》にあった缶コーヒーを画面に向かって投げつけていた。幸い、缶にコーヒーは残っていなかったが、液晶モニタの一部が映像を映さずに黒くなってしまった。同じ側でTV会議に出席していた部下が、驚いた顔をしている。

「この程度の仕事で、死守なんかするなっ」

「すいません。こちらで責任をもって終わらせるという意味で……」

「それなら、そう言えっ」

管理職が「死守」なんていう言葉を安易に遣うから、社員は、それを真に受けて、睡眠時間や家族と過ごす時間を削り、うつ病にかかって、自社から社会的殺人を受けてしまうのだ。マイルストーンの納期が三日遅れたからといって、誰かが本当に困るわけではない。せいぜい、部長と課長が、統括部長からお説教を受けて、睡眠時間が二時間ほど足りなくなる程度だ。ぼくは、気持ちを抑えられずに、机にあった書類もモニタに投げつけて、TV会議を切断した。

そのとき、早朝の喫煙所で聞いた「ザンゴウ」という言葉に、漢字が当てはまった。

(塹壕《ざんごう》か……。あの爺《じい》さん、何が言いたかったんだ?)

その日の午後には、ぼくがTV会議のモニタを故意に破損させたことが部長に伝わる。その部長も「死守」という言葉を頻繁に遣うので、経緯を説明するのが億劫だった。一時間ほどの休憩をもらい、駅前の家電量販店で、同等の大きさのTVを買ってくることで、故意の備品破損を不問にしてもらう。店に在庫があった一番安い四十インチのTVは、五万六千円だった。深夜のタクシーで帰宅する四日分だと思えば、そんなに高い買い物でもない。

壊れたTVの備品シールを、自分で買ってきたものに貼り直す。終業後に家電量販店に戻り、TVを買ったポイントでオールドパーを手に入れ、職場の裏手のビジネスホテルに泊まった。ボトルを半分以上空けたので、ひさしぶりに夢も見ずに六時間眠れた。

月曜日に地方のクライアントとの会議があり、部下から土曜日に資料のレビューを要請される。

本当は、金曜日の夜にレビューをするはずだった。それが、土曜日に延期され、ぼくは、朝四時から洗濯と部屋の掃除をして、十時前に職場に着いていた。昼前に、妻の調子が悪いから日曜日にレビューを延期してほしいと携帯電話に連絡が入る。子どもならともかく、「おまえがいると成人女性の体調がよくなるのか？」と問い質《ただ》したくなるのを我慢する。

「ぼくが片付けるから、資料が入っているサーバーのフォルダーを教えてくれ」

「すいません。金曜日に指摘されたところを修正した資料を、自分のパソコンで直していました」

あきれて電話を切り、喫煙所でパイプ椅子に八つ当たりをする。蹴飛ばされた椅子が、モルタルの壁に穴を開ける。ヤニで元の色が分からなくなって落書きもある壁には、同情する気にもならなかった。

どうやら、ぼくは士官らしい。

小雨の降る夜、塹壕に隠れている際に、敵の戦車二台を含む部隊が近づいてくるのを察知して、後退を余儀なくされた。歩兵部隊が戦車から逃げても、すぐに追いつかれるので、十名ほどの部下を連れて、塹壕に近い広葉樹の中に隠れて息をひそめた。戦車部隊は、一旦《いったん》、ぼくたちが隠れた広葉樹の下を通り過ぎたものの、すぐに引き返してくる。

部下のひとりが「この最前線は死守しましょう」と自動小銃のセイフティロックを外そうとする。小隊の中では、唯一、ボランティア《志願兵》として入隊した青年だ。きっと、彼は師団の中でも最前線にいることにプライドのようなものを持っているのだろう。出征前、SNSに「美しい国を守るために、命を捧《ささ》げてきます」とかと喧伝《けんでん》したタイプだ。敵兵を見つけると、指示も出さないうちに自動小銃を乱射する。おかげで、こちらの位置が敵に知れて迷惑していた。

　ぼくの判断からすると、そこから約二キロ後退した河の対岸には、自軍の機械化された中隊が構えている。河を越えた二キロを失ったからといって、師団の損害は大きくない。

（シシュ、シシュって、うるせぇな……）

　そう思いながら、彼の自動小銃を取り上げて、白旗を上げた。広葉樹から降りて、戦車から出てきた男の肩章を見て安心する。彼は佐官だった。職業軍人なら戦争法規に従った行動を期待できる。

「君が、この部隊の指揮官か？」

「そうだ。ハーグ陸戦条約に基づいた捕虜になることを希望する」

　ぼくは、大尉を示す肩章を戦車の上の男に見せた。彼は、肩をすくめて、せせら笑う。

「甘い指揮官だな」

　そう言われて、彼の職業軍人としての良識を信じたのは間違ったかと焦る。

「何が？」

「塹壕に紙巻煙草が捨てられていた。フィルターの湿り具合で、君らが逃げ出してからのだいたいの時間を計れる。おかげで、無駄に捜索範囲をひろげなくて済んだよ。大尉殿は、そんなことも部下に徹底できないのか？」

ぼくの率いる小隊は、武装解除をして、彼らの前線基地に連れて行かれる。

捕虜収容所は、それほど悪くなかった。悪くないというよりも、自軍の前線基地より人間らしい居住環境だったかもしれない。ぼくは、収容された最初の朝に、ハーグ陸戦条約の「俘虜《ふりょ》」の処遇について、士官学校で習ったことを部下に説明した。

昼間は、基地内の補修、補強、掃除を命じられた。手首にICチップのついたリングをはめさせられ、敵軍の指令系統にかかわる部屋には入れないように管理されていた。寝る場所も、粗末ではあったが隣の兵士とぶつからずに眠れるだけのスペースが確保されている。捕虜としての仕事を終えて戻ると、代わり映えはしないが栄養面には問題のない食事が置かれている。

ただ、その居室が問題だった。敵の一般兵士たちと同じフロアで、彼らとは、腰の高さほどのパーティションで区切られているだけだ。夕食を終えた敵兵士たちが談笑しながら戻って来る居室で、ぼくたちは、板張りのベッドに腰掛けてジャムを塗ったパンを食べる。彼（女）らのベッドにはマットが敷かれ、サイドテーブルには一人一台ずつパソコンも用意されている。居室の分割も、自分たちに与えられた三倍ほどのスペースが敵兵士に与えられている。彼らが、パソコンでSNSや動画サイトを楽しんでいる間、ぼくと部下は、ぼんやり天井を眺めているか、小声で会話をするくらいしかできない。彼らの居住空間に近づこうとすれば、手首のリングがアラームを鳴らす。

これくらいだったら、宿舎の外に張られたテントのほうがよかった。そうすれば、敵兵士を羨《うらや》まずに済む。

捕虜になって三日目、部下の女性兵士から相談を受ける。基地の補修、補強は力仕事もあり、彼女には主に基地内の掃除を任せていた。男性トイレの掃除中、その旨の札をかけているが、ここは前線基地だ。出動の指示がかかれば、そんな札はお構いなく、男性兵士が用を足しに入ってくるのだと言う。自分がブラシで洗っている隣の便器で、平気で用を足すのが耐えられないらしい。

（そんなことは、その場で文句を言えよ）

そう思うが、相手の捕虜管理者との折衝《せっしょう》は、士官である自分の仕事だった。捕虜管理者である男性少佐に女性兵士の待遇の改善を求めると、彼は、心底、不思議そうな顔をした。

「私は、戦前にトウキョウを旅行したことがあるが、空港でもショッピングモールでも、女性がトイレを掃除していた」

彼の言うとおり、本省や将校倶楽部《クラブ》でビル清掃会社から派遣されるのは女性が大半だった。彼女たちが、男性トイレの掃除をしている姿もめずらしくない。

「彼女はまだ若いし、未婚です」

「私の部下が、その女性捕虜に暴行や性的な侮辱発言でもしたのか？」

男性少佐の口調が険《けわ》しくなる。そこまで確認しなかったが、もしそんなことがあれば、彼女は別の訴えをしたに違いない。統率の行き届いた敵軍の兵士が、不要な発言をするとも考えられない。

「そんなことはありません」

「君たちの作業分担は合意済みだし、君の国の慣習を尊重したつもりだったが、年齢や婚姻の有無で、扱いを変える必要があるのか？」

そのことについて何も言い返せなかった。相手国の慣習を尊重するのは、捕虜の待遇として正しい。ぼくは、幾ばくかの譲歩がほしくて、別の話題を探す。

「別件ですが、基地内の補修中に、部下が、貴軍の兵士から直接、補修方法の指示を受けているようです」

捕虜の待遇に反している事項に、話を切り替える。

「私の部下が、ひざまずいて靴を磨《みが》けと言っているわけではないだろう。それくらい大目に見てくれ。いちいち、別の作業中の大尉を呼び出して、作業不備を指摘するのも効率が悪い」

男性少佐の言っていることは正しくはないが、現場の状況に照らし合わせれば致し方ない。何より、部下が作業の手抜きをするたびに、その場に呼び出されていては、こちらの身が保《も》たない。ぼくは、黙《しら》って引き下がるしかなかった。

居室に戻り、件《くだん》の女性兵士に結果を報せると、彼女は涙を浮かべる。けれども、彼女だって、徴兵前には、公共施設で女性従業員が男性トイレに掃除用具を持って入るのを見たはずだ。彼女が抗議を訴える先は、自国の慣習であって、敵軍の捕虜管理者ではない。

もとより、突然の徴兵だったとはいえ、戦争法規も読まずに戦場に来るほうが間違っている。労働基準法を読まずに、民間企業に就職するのと変わらない。

日曜日の朝、部屋にいてもすることがなく、結局、平日と同じ時間に自宅を出る。身に覚えのない夢を見たおかげで、老人と話したかったのかもしれない。

労働基準法や労働者派遣法を読んでいない社員に抵抗があるのは間違いない。システム開発の現場では、プログラマ以外に文書の作成やテンプレートへの入力作業をする契約で、女性の派遣社員を雇っていることが多い。彼女が、手の空いた時間にコピー用紙の箱を整理していたり、休み明けの社員が持ってきたお茶菓子を配っていたりすれば、法規からも契約からも逸脱している。けれども、ほとんどの社員はそれを見て見ぬふりをしているし、派遣社員に自覚があるのかも怪しい。

気に喰《く》わない光景でも、それを見かけるたびに席を立って、「あとで、別の社員にやらせるから、やめてくれ」と声をかけるのも億劫だ。加えて、若手の男性社員にそれを指示しても、「そんなことは、自分の仕事ではない」と言いたげな顔をする。ぼくが入社したころはそうでもなかったが、最近は、中堅以上の大学を卒業した新入社員ばかりだ。プライドが高い代わりに、会議資料のコピーさえ、まともにできない。夢に出てきた、捕虜になるより前線の死守を選ぼうとしたボランティアの顔を思い出そうとする。なんだか、彼は、職場の若手社員だったような気がする。

けれども、ハーグ陸戦条約については無知と言っていい。「俘虜」の処遇に至っては興味もなかったし、志願兵を「ボランティア」と呼ぶことも知らなかった。夢の中で大尉として話した内容の正否は怪しいところだが、「ハーグ陸戦条約」という単語が記憶の片隅にでもあったことに驚く。自分のどこに戦争の記憶があるのだろう。あるとすれば、喫煙所でふた言、三言の言葉を交わした老人しか心当たりがない。

ぼくは、日曜日の職場に七時半からいても、インターネットを眺めるくらいしかやることがないと分かりつつ、早朝の喫煙所で煙草を三本吸った。

そこにいると、水槽の中にいるような気分にさせられる。トレッキングや海釣りに行く人、家族連れの観光客たちは、気味の悪い深海魚でも見てしまったかのように、目を逸《そ》らして喫煙所の前を通り過ぎる。喫煙者が嫌われているのは間違いないのに、喫煙所をガラス張りにする必要がどこにあるのだろう。大きな水族館の一角や、動物園の薄暗い爬虫類館《はちゅうるいかん》にある、人々が足早に通り過ぎる水槽みたいだ。

鬱屈《うっくつ》して三本目の煙草を灰皿に捨てて、喫煙所を出る。あの老人も、週末くらいは、ゆっくりした睡眠を享受できるのかもしれない。ぼくは浮浪者以下だ。

東海道線のホームに向かいながら、灰皿に捨てた吸い殻が気になり始める。ちゃんと、吸い殻を灰皿の下の水を張った容器に落としただろうか。夢に出てきた敵軍の指揮官の言葉が蘇《よみがえ》る。

——甘い指揮官だな
——そんなことも部下に徹底できないのか？

小雨の中では、煙草のフィルターの湿り具合で、自分たちの逃げた範囲を想定できたと言われた。「あの喫煙所は塹壕じゃないんだから、何を気にする必要がある？」と自分に言い聞かせても、自然に身体が、東海道線のホームに上がるエスカレータの前で引き返していた。けれども、自分がどの灰皿を使っていたのかを思い出せない。灰皿を見て回り、引っかかった他人の吸い殻を水の中に落とす。他の喫煙者たちに近づくと、目を背けられるのを感じる。同じ奇妙な生物を飼育する水槽の中なのに……

（せっかく、ピークを二ヶ月で終わらせたのに、ぼくがやられたのか……）

初めて、自分が正常な精神状態ではないことを知った。

老人に煙草を渡し、短い会話が始まる。

「前線に長くいるとな、殺した敵兵の数よりも、味方の戦死者の数を自慢し始めるんだ」

自分がいるのは戦場ではないが、老人の言うとおりかもしれない。職場の喫煙所で、何の気なしに聞いている社員同士の会話で、何日間も休んでいないとか、残業時間の長さを自慢している社員がいる。そういう会話で、仕事の成果が語られることはない。それに似ている。

「キャツラに弾が当たったかどうかは確かめられんが、自分の隣で死んだ奴は、いやでも分かるからな。すぐに笑い話のネタだ」

老人の与太《よた》話を聞いているのか、自分の職場を揶揄されているのか、あやふやになってくる。

システム構築の現場は、成果が見えにくい。手抜きのプログラム仕様書しか作れないプロジェクトでは、自分に割り当てられたプログラムを作り終えても、他のチームのプログラムと合わせてみなければ、システムとして正しく動作するかを確認できない。いつ自分が異常な精神状態になるか分からない状況では、その場に来られなくなった社員を笑っているほうが気晴らしになるのだろう。同僚の課長や上司でさえ、それは変わらない。

中堅社員と呼ばれていたころは、浮浪者を見るのがいやだった。誰でも同じだろう。四十歳を過ぎたころから、その感情が「嫌悪」から「恐怖」に変わった。大企業に勤め、十分な給料をもらっている自分にとって、浮浪者は対極にいる存在だと思っていた。それがいつの間にか、彼らと自分を隔《へだ》てているものは、蚊帳《かや》よりも薄い膜のように思えてくる。抑うつ症状が出て仕事ができなくなっても、ろくな転職先は見つからないだろう。都内の中堅大学を卒業し、大企業病に二十年もかかっていた自分を、どんな企業が雇ってくれるだろう。高い場所にいると考えるのは驕りに違いないが、それだけに、落ちる谷底は深くて暗い。運好く、ほどよい高さの樹木に引っかかっても、ぶよぶよに膨《ふく》れ上がったプライドが枝を折って、谷底に転がり落ちるまでの苦痛が長くなるだけだ。

二年の兵役が終わる一ヶ月前だった。同期というほど親しくはないが、同じ時期に徴兵された兵士が集められる。

「これから配布する用紙で、兵役を継続するか、復員するかの希望をとる」

前線の指揮官が、集められた兵士に言う。政府が定めた兵役を延長した場合は、一階級の特進が約束されている。もっとも、一等卒が伍長二等になるだけで、前線での仕事はほとんど変わらない。そのまま兵役を続ければ、一年ごとに昇格し、曹長一等までは昇格できる。けれども、職業軍人ではない自分たちが尉官になれるチャンスは、ほとんど与えられていない。兵役を三回延長し、伍長、軍曹、曹長（それぞれに二階級がある）と昇格するのを生き延び、曹長二等まで昇格したところで戦死すれば、二階級を特進できる。運がいいのか悪いのか分からないが、そうすれば、少尉にはなれる。

会議室にいた皆が鉛筆を手に取ったところで、指揮官が言う。

「復員しても、以前の勤め先が、同等の職種で再雇用することはない」

それは違う、と思う。徴兵令が発効されたとき、兵役を終えたのちは、勤務先の再雇用が法律で義務付けられた。隣にいた男が、小さな声で話しかけてくる。

「彼奴等《きやつら》らしい、ずるい言い方だな」

ぼくは首をかしげた。指揮官の言葉は、「ずるい」というより、前線独特の法規を無視した発言にしか聞こえなかった。

「再雇用は保証されても、専門職だったからといって、専門職に戻れるわけじゃないってことだ」

（ああ、なるほど。そういうことか……）

隣の男が言ったように、指揮官は「再雇用をされない」とは言わなかった。ぼくが、勝手に元の生活に戻れると思い込んでいただけだ。二年間、職場を離れていれば、二年後輩の社員が課長に昇格していることだろう。そうかといって、突然、部長になれるわけでもない。以前の後輩社員の下で、一般社員からやり直さなければならない。あるいは、この二年間で、業務用ソフトもだいぶアップデートされている。パソコンを操作するのは、ひと月に一度、戦闘への参加回数を自己申告するときだけだが、表計算ソフトには「リボン」という新しい機能が追加されている。再雇用はされても、新しいソフトウェアについていけず、無能な社員として解雇もありうるということだ。

夢の中で兵役延長と職場復帰のどちらを選んだのかを、暗い部屋で目覚めたぼくは覚えていない。

その朝の喫煙所で、老人から、「士官は、部下と食事をともにするな」と諭《さと》される。

「残念ながら、ぼくは士官じゃない」

「逆も然《しか》りだ。彼奴等は部下を殺す相談をしながら飯を喰う」

老人の科白の中で知らなかった単語「キャツラ」が、「彼奴等」だったんだな、と思う。夢の中の言葉が、音韻と字面《じづら》のどちらで認識されているのか分からないが、ぼくは、前線の同僚の言葉を自然に理解していた。軍事用語ではないにしろ、いまでは聞かなくなった言葉を、ぼくはどこかに記憶している。

そんなことを不思議に思いながら、横浜駅前で牛丼を食べて、出社する。

システム・テストの実績報告を指示した社員から、メールで資料が届く。添付の表計算ソフトのファイルを開くと、すぐに「マクロを有効にしますか」のポップアップ・ウィンドウが出てくる。

「梁瀬《やなせ》……、クライアントに送るファイルからは、マクロを外しなさい」

ぼくは、資料の内容を確認せずに、彼女に指示を出す。

「グラフを作るだけの簡単なマクロです」

「マクロの内容は聞いていない。マクロがついていることを問題にしたんだ」

「でも、鈴木課長とのレビュー用資料ですから……」

ぼくは、それ以上の議論をする気がなく、彼女の言い訳に耳を貸さなかった。表計算ソフトのマクロは、定型の資料を作るときの作業を自動化するものだが、そこには自社内のサーバー名やファイルを格納するフォルダー名が記されてしまうことがある。クライアントにそれを送れば、自社のセキュリティ上も問題があるし、場合によっては、自社内だけで使っているクライアントの隠語が取引先に知られてしまうこともある。彼女は、工科大学の修士課程を修めた二年目の社員だ。一度は説明したマクロのリスクを理解できなかったはずがない。

彼女は、いつも机の上に資料を散らかしたまま退社する。ぼくの後ろにある書架には「退社は机の上を片付けてから」という小学校のようなポスターが貼ってある。彼女とて、日本語が読めないわけではない。「朱に交われば赤くなる」みたいなものかと思う。

しばらくして、同じ資料を添付したメールが届く。今度は、マクロが外されていた。ぼくは、それを印刷してチェックする。プログラム単位のエラー検出率を報告する集計表の下一桁《けた》の合計値が合わない。除算の有効桁数を合わせなかったために、たった十数項目の集計表に暗算でも間違いを見つけられる。それを彼女に指摘する。

「直すのに、どれくらい、かかる?」

「三時間くらい……」

今度は素直に、自分のミスを認めた。こんな職場でなければ、聡明《そうめい》さを十分に発揮できる社員なのだろう。

(四捨五入をするのに、三時間もかかるのか……)

「じゃあ、他のページの見直しを含めて、月曜日の午後三時に再チェックでいいか？」

「クライアントには、月曜日の午前中に資料を送ることになっているので、月曜日の朝には確認してもらわないと間に合いません」

「いまは、金曜日の午後七時だ。君に払える休日手当は残っていないから、直しに三時間、資料全体のセルフチェックに一時間かかるとして、月曜日の昼は、もう間に合わないよ」

「でも……」

彼女の「でも」を相手にせずに、机の資料を抽斗《ひきだし》に片付ける。

「でも、月曜日の正午を死守しないと、クライアントから部長にクレームが来ます」

彼女が「死守」と言った時点で、ジャケットの胸ぐらを摑《つか》みたかったが、TV会議のモニタを破損させた反省もあったので気持ちを抑えた。こんな中間報告で、いちいち「死守」をしていたら、半年もしないうちに部下はひとりも残っていないだろう。

「部長やクライアントに文句を言われるのはぼくのほうで、梁瀬じゃない」

「それなら、一時間で直すので、月曜日の十時にレビューしてもらえませんか？」

「了解。それとたまには、机の上を片付けてから帰りなさい」

ぼくは、立ち上がったついでに、振り向かずに手を後ろに回して、書架のポスターを拳《こぶし》で軽くたたいた。

(ぼくは、小学校の担任か……)

月曜日の朝、老人と煙草を吸いながら、職場で同僚と話すより、彼と話すほうが落ち着ける自分に気づく。ぼくは、すでに、老人と同じ側の人になってしまったのかもしれない。浮浪者に煙草を渡している自分を、周囲の喫煙者はカラスやハトに餌《えさ》をやる迷惑な人のように遠巻きに見ている。それも、最近は気にならなくなった。

「あんた、夜は来ないな」

「帰りにここを通るのは十一時過ぎだから、早く部屋に着きたい」

めずらしく、会話が成立する。

「負傷して、塹壕に戻るのが遅くなるときは、気をつけろ」

ぼくは、黙って首をかしげる。だいたい、ここは塹壕というよりも地下壕だと思う。少なくとも、上半身を出しただけで誰かに殺されることはない。

「上官っていうのはな、戦況が悪化すると、敵兵を殺すより、部下を殺したほうが出世するんだ。そんなときに、死んだはずの奴が帰ってきたら迷惑だろう」

その言葉に苦笑して、二本の吸い殻が容器の水に浸ったことを確認してから東海道線に向かう。

システム・テストの実績報告のレビューを依頼していた社員は、始業の五分前に、三十分の遅刻の連絡をしてきた。ぼくは、資料が散らかった彼女の机を見ながらため息をつく。仕方なく、プロジェクトの各チームが作成したテスト結果の基礎データのフォルダーを開く。部下が作った表計算ソフトのマクロの仕組みを追いかけるよりも、自分で検算用のマクロを作って、集計値を突き合わせるほうがレビューを早く片付けられる。

彼女は、九時半過ぎに出社した。プロジェクトの繁忙期が終わってしばらくは、社員の出社時刻が出鱈目《でたらめ》になる。管理職も違法残業をさせた手前、そのことをきつく叱《しか》れない。むしろ、出社時刻前に遅刻を連絡してきただけ、彼女は、まだ社会人としての常識を持っている。悪びれた様子もない彼女に、レビュー時間の延期の要否を訊《き》く。

「資料のレビューは、十時半でいい？」

「ええ、すみません」

けれども、彼女が、資料をメールで送ってきたのは、十一時に近い時間だった。加えて、添付ファイルを開いた途端、再び「マクロを有効にしますか」のポップアップ・ウィンドウが出てくる。

「マクロを外しなさい。何度も同じことを言わせるな」

「でも、レビューでミスを指摘されるたびに、マクロをつけたり外したりしていたら……」

（見習いが料理長に新メニューを味見してもらうときに、昆布で出汁《だし》をとるところを、面倒だから出汁の素《もと》を使いましたと言うか？）

「そのために、セルフチェックのアロワンスをとって、午後三時にレビューをすることを提案した」

ぼくは、検算用に印刷しておいた自分の資料を丸めて、ライターで火を点けた。

彼女の表情が怯《おび》える。

「な……、なんですか？」

「死守って言うくらいなら、その覚悟があったんじゃないのか？」

「そんな……」

「梁瀬……、死守っていうのは、やると言ったことを守れなかったら、死ぬってことだよ。灯油をかぶって自分で火を点けろっていうより、まだ部下を思いやっているつもりだけれど」

手に持ったコピー用紙は、思ったより炎が大きくなる。それに気づいた周りの社員の動揺が伝わってくる。ぼくは至って冷静だった。冷静さをなくしているのは、気軽に「死守、死守」と言う同僚たちのほうだ。

誰かに羽交《はが》い締めにされて、炎をあげる資料が、ぼくのノートパソコンの上に落ちる。別の誰かが、ペットボトルの水をそこにかける。遅れて、それに気づいた部長が、「何をしているんだっ」と大声をあげている。

「死守できなかったのに、のこのこ塹壕に戻ってきた社員を始末《しまつ》するだけですよ」

「ザンゴウ？」

そのあとの上司との会話を覚えていない。ただ、間違っているのは、同僚たちのほうだと考えていた。一介の部長に、どんな権限移譲があって、社員の出社を停止できるのかは疑問だったが、処分を決めるまでの三日間、自宅待機をするように言い渡された。

ひさしぶりの三連休だった。否、休日自体、もう何年もなかったような気がする。風邪気味だったり、疲れた顔をしていたりして、上司から「少し休め」と言われても、自分の業務量が他の社員に振り分けられるわけではない。休んだあとは、さらにつらい残業が待っているだけだった。けれども、今回の休みには、それがない。ぼくは、あのプロジェクトに残らなくて済むだろう。睡眠も、早朝覚醒《かくせい》の症状は残ったものの、夜明けにウイスキィを少し飲めば二度寝ができた。

三日目の夕方、丸の内の書店で本を眺めてから、喫煙所に寄る。午後六時過ぎの喫煙所は、数分いるだけで服に煙草の臭いが染みつきそうなくらいに混み合っていた。定時で退社できる人が、こんなにいるんだなと改めて驚く。老人が寄ってくると、同じ空気清浄機付きのテーブルで煙草を吸っていた女性が、別のテーブルに逃げていく。

（あんたが、肺に入れているほどの毒でもあるまい）

老人が話しかけてくるのを聞きながら、逃げていった女性を目で追う。

「めずらしい時間にいるな」

ぼくは、新しい煙草に火を点けて、老人に渡す。彼は、見事なナイフ使いで、フィルターを切り落とす。この休みの間に、自宅にあったカッターや五徳ナイフで彼の真似《まね》をしてみたが、柔らかい紙巻煙草を綺麗《きれい》に切断することはできなかった。この老人は、きっと、柔らかいものを切った経験が数多くあったのだろう。屍体《したい》の片耳とかを……

「兵役が終わった」

「よかったな。ところで、何人、部下を殺した」

ぼくは、二十年間の会社員生活の中で、職場に来られなくなった同僚と部下を数える。仕事帰りに泥酔状態で車に撥《は》ねられて亡くなった同僚がひとり、うつ病の診断書を持ってきた部下が三人だった。

「事故も入れて四人かな。あと、産まれる前の子どもがひとり……」

「そりゃ、桁が足りない。六人目は、きっと、あんた自身だ」

その日は、二本目の煙草を要求されず、老人は喫煙所を出て行ってしまう。これだけ混み合っていると、さすがに、他の喫煙者から嫌がらせを受けるのかもしれない。

処分が決まったとのことで、横浜の職場ではなく、本社の会議室に呼び出される。「処分」というから、四日前の社員に対するパワハラだけかと考えていたのに、統括部長と部長から渡された資料は、四項目が記された罪状だった。

一件目、二週間前の喫煙所の壁の破損。あのときは、ビルの管理部へ謝罪に行き、菓子折りで決着したはずだった。おかげでその部分だけ落書きも消えた。

二件目、三年前と一年前の社章の紛失。

入社以来、社章を付けて出社していたが、二年も使うと黒い塗料が剝《は》げる安物だったので、クライアントのところに付けていくのが憚《はばか》られた。それまでは、総務部で古いものと交換してきたが、スーツを替えるたびに社章を付け替えるのが面倒になったこともあり、三年前から社章を買い足すことにした。その際、古いものと交換することしかできないと言われたので、塗料が剥げたものの紛失届を書くことで、対応した総務部の社員と話がついた（はずだった）。

（それを、社章を付けたこともない上司から言われてもなぁ……）

上司たちのジャケットの襟もとを見ながら、ため息を呑《の》み込む。

三件目、三週間前のＴＶ会議のモニタの破損。

その項目には、会社所有の備品の勝手な交換が付記されていた。それにもかかわらず、ぼくが買い換えた五万六千円のＴＶについては、何も触れられていない。社員が勝手に持ち込んだ文具と同じ扱いなのかもしれない。

四件目、四日前のノートパソコンの破損。

火のついた資料が落ちたのはノートパソコンの上だったので、たしかにプラスティック製のキーボードは破損したことだろう。その上に水をかけられたから、本体にも影響があったのだろう。

罪状を読み終えると、四件についての始末書を書くように指示される。

「梁瀬へ、火の点いた資料を向けたことは？」

ぼくは、その現場にいた部長に訊いた。社章をなくしたり、四年も使ったノートパソコンを破損させたりしたことよりも、社員を脅《おど》したことのほうが、余程、罪が重いだろう。

「彼女から申告がない。自分でも反省しているんじゃないのか」

（それなら、TVの破損は、あんたの申告か……）

ぼくは、ため息をついた。

資料に火を点けて責めたりせずに、じわじわと彼女を出社できないように追い詰めたほうが得策だった。部下をひとり、社会的に殺しても、この企業では何も咎《とが》められない。

「始末書を書いたら、心療内科に行って診断書をもらってきたほうがいい」

統括部長が、指示なのか、思いやりなのか、判断のつかないことを言う。

「何のために？」

「鈴木課長は、二十年間、病欠もなく勤務している。社内規定で、最長二年間は休める。ヘルスケアセンターに心療内科の紹介状を用意してもらっている」

（ヘルスケアセンターは、社員の状態も確認せずに紹介状を書けるのか？）

ぼくは、横浜でのプロジェクトを外されて、本社の病休明けの社員を集めた部署に異動させられるものと予想していた。けれども、喫煙所で老人に言われたとおりだった。

――負傷して、塹壕に戻るのが遅くなるときは、気をつけろ
――死んだはずの奴が帰ってきたら迷惑だろう
ぼくは、そのまま会議室に残され、共用のノートパソコンを借りて、四枚の始末書と辞表を書いた。それを持って、統括部長席に行く。

「辞表を書けとは言っていない」

「心療内科に行っても、症状が寛解するだけですから、もういいです」

「寛解するまで、会社が面倒を見てやった診断書がなきゃ、労災認定の裁判になりかねない。こんなことで新聞沙汰になったら、クライアントにだって迷惑がかかる」

「ご指導ありがとうございます。でも、起訴する気力も残っていないので安心してください」

「おまえが提訴しなくたって、自殺でもされたら、ご両親がするかもしれないだろ。少しは頭を働かせろ」

ぼくは、あきれて、そのまま本社を後にした。少し頭を働かせると、ぼくに火の点いた資料を向けられた社員は、傷害未遂事件を口止めされたことも想像できる。

辞表の受理までに二ヶ月がかかった。出社する職場がなくて、表向きは溜まっていた有給休暇の消化ということになった。有給休暇は前年の繰越も含めて四十日が

あったので、二ヶ月を休んでも、規定の給料が振り込まれた。その間、何度か本社近くのコーヒーショップに呼び出されて、辞職を慰留された。もちろん、自分がプロジェクトに必要とされているからではなく、前線を離れて余計なことをしゃべらせないための慰留だ。大企業で若い社員がパワハラと過労から在職中に自死を選択すると、マスメディアは、その企業を責め立てる。けれども、そこに至る前に休職せざるを得なかったり、自死を思い留《とど》まって逃げ出したりした社員が百人単位でいても、企業がメディアに取り上げられることはない。ホイッスルが鳴るまで、ペナルティを科されないのと同じだ。

多くのメディアは、自死を予防する気はなく、ニュースにできる物理的な殺人事件を待っているだけだ。企業の管理職も、それをよく知っている。

有給休暇を使い尽くす直前に人事部に呼ばれ、会社内で見知ったことの守秘義務が記された念書に捺印《なついん》を求められる。契約違反時の損害賠償の上限額も契約期間も記されていない一方的な書面だった。

（つまり、自死を選択しても、会社内で起きたことは、どこにも書き記すなということか……）

ぼくは、死ぬ気はなかったので、それに逆さ印を捺《お》した。彼らは、顔をしかめながら書類を受け取って、やっと辞職を認めた。

　それから五年が経《た》って、ぼくはフリーランスとして細々と仕事をしている。生き延びたことよりも、もう人を殺さずに済むことに安堵《あんど》している。ガラス張りだった東京駅地下の喫煙所は、別の場所に移転した。以前はキオスクか何かだった窓のない小綺麗な喫煙所だ。代わりに、浮浪者の姿を見かけない。そのせいか、ぼくは、徴兵令の夢を見ることもなくなった。

　心療内科の診察を勧めた統括部長の執行役員への選出が、新聞の人事情報欄に載っていた。直属の上司だった部長が何をしているのかは知らない。ぼくを殺し損《そこ》ねた彼は、それを挽回《ばんかい》すべく、次のプロジェクトで部下の社会的殺人を続けているのだろう。

　丸の内の書店に用事があり、帰りに喫煙所に寄ると、以前よりも、塹壕らしくなったような気がする。街は浄化されて、戦争がどこで行われているのかを隠している。ぼくの殺した部下の数は、「桁が足りなかった」ということだ。

オフィーリアの隠蔽

広告代理店の若い社員から電話を受けたのは、七月の月曜日の午前中だった。ぼくは、来年の春節に合わせて発表する化粧品の新ラインのポスター案を眺めながら、ぼんやりしていた。そのプロジェクトの代理店側の担当である坂本菫《さかもとすみれ》は、発注側の窓口である深田《ふかだ》課長でも、彼女の同年代でよく談笑をしている社員でもなく、それまで業務以外の付き合いがないぼくを指名してきた。

「相馬《そうま》さんにご相談したいことがあるんですけれど、今日明日でお時間をいただけますか？」

坂本菫が挨拶《あいさつ》のあとに言う。ぼくは、パソコンの画面に職場で共有しているスケジュール表を開いた。

「今日の十五時以降か、明日の十三時から十六時までの間なら、深田の時間も空いているので、坂本さんのご都合のいいときで構いません」

ぼくは、深田課長のスケジュールと会議室の空き状況を画面に並べて、彼女が何かを言おうとしているのを待った。

「できれば、御社の外で、相馬さんにだけご相談したいんですけれど……」

「ごめんなさい。会社の外で仕事の話をするのが苦手なんです」

社外で代理店の社員と会えば、まだ公表前の新ラインのブランド名も、イメージキャラクタの女優の名前もイニシャルなどに変えなくてはならない。ぼくは、彼女の依頼を断ってから、電話機のディスプレイの発信元番号が「非通知」になっていることに気づいた。彼女が職場か社用の携帯電話からかけてきたなら、発信元番号が表示されるはずだ。

「あの……、どうしてもご相談に乗っていただきたいんです」

スチールの裏焼きを見つけたといったところだろうか。ぼくは、パソコンの画面をポスター案に戻して、そこに写る女優の服を確かめた。女優はボタンのない鮮やかな赤のワンピースを着ている。彼女のファンなら、ほぼシンメトリの顔立ちが左右反転していることに気づくかもしれないが、ぼくには判断できない。

けれども、坂本菫のどこか思いつめた声音《こわね》は、何かのトラブルを抱えている感じだった。食事に誘われているわけでもないだろう。ぼくは、一流企業に勤める入社三年目の女性が、わざわざ自分の携帯電話で連絡を寄越《よこ》してくるタイプではないし(彼女がぼくの名前を知っていただけでも少し驚いた)、代理店の社員は得意先を食事に誘い出す方法をいくらでも持ち合わせている。

「何かのトラブルですか?」

「まだ分からないんです。でも、誰《だれ》に相談していいのか分からなくて……」

そうだとしたら、まず代理店内でトラブルかどうかを判断してほしい。発注側のプロジェクトチームで、ぼくは意思決定を行う立場にいない。そのことは彼女も知っているはずだ。

「それなら、今日の十二時半に、御社の近くに昼ご飯を食べに行きます。そこでどうですか？」

「お仕事が終わってからでは駄目ですか？　その……、会社の近くだと相馬さんとお会いしたのを知られてしまうこともあるので……」

それだったら最初からそう言えばいいと思う。けれども、トラブルだったら見過ごすわけにもいかないので、ぼくは彼女の要請に応《こた》えることにした。

「分かりました。今夜七時か七時半に、適当な店を探してくれれば、そこに行きます。時間と場所は、あとでメールをください」

「会社のメールはちょっと……」

「オンスケでポスター案が出たので、軽く慰労会でもしましょう」

そう提案してから、「という名目のメールをください」と小声で付け加えた。

「あ、分かりました。ご迷惑をおかけして恐縮です」

坂本菫は、きっと真面目《まじめ》な性格なのだろう。概して広告代理店の社員は、得意先の財布を持っていない（意思決定権のない）社員に対して、言葉遣《づか》いだけは丁寧でも見下している感を拭《ぬぐ》えない。だいたい、その気はなくても「お客様」と言えばいいところを「クライアント」と呼ぶのが好きになれない。けれども、電話の向こうにいる彼女からは、それを感じなかった。

坂本菫に指定された店は、門前仲町《もんぜんなかちょう》にあるビストロだった。テーブル数も少ないし、人に聞かれたくない話をするにはちょうどいい。けれども、ぼくは、昨年の春、その店に同期の女性から食事に誘われたことがあった。それはいい思い出とは言い難い経験だったので憂鬱《ゆううつ》になる。入社したころから気になっていた同期入社の彼女からは、振られるよりも残酷な話をされた。おかげで料理が美味《おい》しかったのかどうかも覚えていない。ぼくは、傘をギャルソンに渡し、キールを頼んで坂本菫を待った。


「お待たせして、ごめんなさい」

「まだ時間前だし、気にしないでください」

ぼくは、彼女に食前酒のメニューを渡して言った。

「えっと……、御社内では、内密にしてほしいんですけれど……」

「ことによります。ぼくは、今度のプロジェクトを失敗させたくないから、トラブルならば上司に報告します。何百社もの得意先を抱えている御社がそのうちの一社と関係が悪化するのと、今度のプロジェクトに部内の半分近くの社員を割り当てている当社とでは、ことの重みが違います」

彼女はそこで黙ってしまった。上司から見れば、入社九年目のぼくも三年目の彼女も、まだ使いものになるかどうかも分からない社員のひとりに過ぎないのだろう。けれども、一回でもプロジェクトを最初から最後まで経験しているか否かの差は大きいと、ぼくは思う。たぶん、坂本菫にとって今回のプロジェクトは、初めて発足《ほっそく》からかかわったプロジェクトだ。

「トラブルかどうかはお話を聞いてから判断するし、社に報告することになっても、課長の深田はチーム内で留《とど》める判断をするかもしれません。それと……」

彼女のカンパリソーダが運ばれてきたので、ぼくたちは社交辞令の乾杯をした。

「それと、深田に報告する際に坂本さんから聞いたことは言いません」

「分かりました」

ぼくたちは、プリフィックスのコースでメインディッシュを選んでから話を始めた。

「もしイメージキャラクタが不倫をしていたら大事《おおごと》ですか？」

ぼくは、当たり前のことを聞かれて、半ばあきれながらうなずいた。そんなことは広告代理店のほうがよく知っているはずだ。

「そうでしょうね。でも、ここで彼女の名前を口にしないでください」

「ええ。友人の出産祝いに出掛けたマンションで彼女を見かけたんです。それで『彼女と同じマンションに住んでいるの？』って聞いたら、既婚の役者の話になって、『彼は東京での仕事用に部屋を借りているみたい』って教えてくれたんです」

　ぼくは、上司を連れてこなかったことを後悔していた。

「上司に言っても、軽々しくそんなことを口にするなと怒られました。『クライアントには絶対に漏らすな』って。でも、後ろめたいことがなければ、変装まがいの格好なんかしませんよね」

　ぼくは、ギャルソンにワインのテイスティングを断って、ふたりのグラスにワインを注《つ》いでもらった。

　一年ごとに契約を更新するとはいえ、新ラインが定着するまで三年はその女優にイメージキャラクタを務めてほしい。所属事務所からも、一年ごとの更新ではなく三年間の契約にしてくれと粘られた。契約前には、彼女のプライベートを侵害するような調査も行っている。契約期間中は、書面にはできないが、出演する映画やTVドラマで商品のイメージからかけ離れた配役は受けないように依頼しているし、ヘアスタイルでさえ彼女の印象を変えてしまわないように要請し、女優の所属事務所に了解を得ている。

女優ではなくひとりの女性として見たときに、「そこまで人を商品として扱うか？」と非難されそうなことにさえ制限をつけてイメージを作りあげるのが、代理店と化粧品会社の仕事だ。

「持ち帰って検討します」

「それは、御社内に報告するということですか？」

坂本菫が落胆した表情で言う。

「坂本さんがこのことを話した上司の方は、誰ですか？」

「課長の渡辺《わたなべ》です」

彼女が社内で相談した相手が先輩社員であれば、ぼくの報告でプロジェクトが止まっても、彼女の名前を隠し通せるかもしれない。彼女は、たまたま得意先でも同じ情報を摑《つか》んだことにして、先輩社員の口封じをすれば済む。けれども、代理店側でこのプロジェクトのキーマンである管理職から「絶対に漏らすな」と指示されたことを、彼女の独断でぼくに伝えてしまったあとでは、そのごまかしは通じそうにない。

そうかと言って、不倫関係にあるかもしれない女優をイメージキャラクタにして、プロジェクトを進めるのはリスクが大き過ぎる。ぼくは代案を坂本菫に言った。

「あまり、個人情報を聞きたくないんですが、ご友人のマンションを教えてもらえますか？」

「どうしてですか？」

「ぼくが、そのマンションに遊びに行って、彼女に遭遇したことにします。ぼくとの食事を口外しなければ、坂本さんの名前を出さずに報告できます」

そこで彼女は黙り込んでしまった。

「ご友人のマンションを他言することに抵抗があれば不要です」

「そういうことではないんです……」

「でも、坂本さんの名前を出さないでプロジェクトを止める方法を他に思いつけない。坂本さんだって、このままプロジェクトを進めるのは危険だから、わざわざ、ぼくに伝えてくれたんですよね」

坂本菫は、迷ったような感じで、小さくうなずいた。

「わたし、これが初めての大きなプロモーションだし……。個人的なことですけれど、御社には採用されなかったので、できれば御社にかかわる仕事をしたいと思って、いまの会社に入ったんです。でも、どうしていいか分からないんです」

「御社のほうが、仕事はきつくても、世間的にはいい企業だと思います。たいていの新卒学生は、当社より御社を選びます」

坂本菫は、「そうかもしれません」とだけ言って、うつむいてしまった。

「少し食べませんか。もうメインディッシュができあがっていそうだし」

ぼくは、彼女の前に置かれた手のつけられていない前菜を見ながら言った。ビストロにもギャルソンにも何の責任もないけれども、この店とは相性が悪いとしか言いようがない。

「あの……」

「どうぞ。他に案があって、ぼくにもできることなら協力します」

ぼくは、前菜を急ぐように食べた彼女に言った。

「ごめんなさい。わたし、嘘《うそ》をついていました」

「就職の件？」

「いえ、それは本当です。御社が第一志望で真っ先に受けてしまったから、まだ面接に慣れていなかったんです。緊張して、ちゃんと話せなかった」

新卒採用の後悔を聞かされても応えようがない。「残念でしたね」と言っても、ぼくは新卒採用にかかわっていないから何の慰めにもならないだろう。それに、結果として彼女は化粧品会社より浮き沈みのない企業に勤めているし、給与だって、彼女がぼくと同じくらいの歳《とし》になれば、二社の差は歴然としている。

「友人の出産祝いに行ったんじゃないんです」

「恋人のところ?」

それなら、ぼくにマンションを教えたくなくて当然かもしれない。

「相馬さんって、彼女のことを恋人って言うんですか？　そんなふうに呼んでもらえたら嬉《うれ》しいですよね」

そう言ったときだけ、坂本菫は表情を和《やわ》らげた。

「彼氏でも恋人でも、あまり事態は変わらないけれど……」

「相馬さんの想像のとおりです。ただ、相手は結婚していて……」

ぼくはため息をつきたかった。不倫中のカップルが他人の不倫を見つけて、それを得意先に報告するのに、どうして自分が選ばれたのかを問い質《ただ》したい。

「だから、ちょっとマンションの場所は言いたくないんです」

ぼくたちは黙って食事を続けた。ぼくが落ち込む話でもなかったので、美味しい料理を出すビストロだということが分かった。彼女が再び口を開いたのは、食事が終わってデザートのフロマージュを選んでいるときだった。

「課長は、ワンナイト・アフェアかもしれないし、これからも続くようなら弊社からメディアに圧力をかけられるって言うんです。相馬さんは、どう思いますか？」

「リスクを負ってプロジェクトを進めたくありません」

「それなら、逆に週刊誌の記者に密告……」

ぼくは彼女の科白《せりふ》をさえぎった。

「坂本さんは、自分が他人のゴシップになってもいいんですか？　ぼくたちは彼女を商品として扱っているけれども、彼女だって仕事以外の時間は、他の人よりも少し美人で、少し運がよかっただけの女性です。三十一歳なら恋愛もするだろうし、その相手がたまたま結婚していただけかもしれません」

また、彼女が黙ってしまう。

「坂本さんは恋人との関係が社内に知れても懲戒にならないでしょうけれど、彼女の場合はゴシップ記事で仕事の大半を失います」

「相馬さんって、彼女のファンなんですか？」

ぼくはあきれて「違います」とだけ言った。

「坂本さんの名前は伏せるけれど、社内では対応を検討します」

「分かりました」

ぼくは、手っ取り早くデザートを片付けて、うつむいている彼女を放《ほう》って席を立った。ギャルソンにトイレの前で会計をお願いして、そのまま店を出た。

火曜日の朝、ぼくは、その件を深田課長に報告した。あいにくぼくには出産祝いに行くような友人がおらず、場所を訊《き》かれると面倒なので、自分が部屋を借りているマンションで見かけたことにした。深田課長は、途中から会議室の共用パソコンを操作していた。

「それって、いつのこと？」

深田課長に聞かれて、ぼくは戸惑った。坂本菫から最初に「出産祝いに行った」と聞いたので、直前の週末の出来事だと思い込んでいた。けれども、坂本菫は事情を抱えて悩んだ末にぼくを呼び出したのだから、もしかすると、この二、三日のことではないかもしれない。ぼくは、坂本菫から聞いた話であることを言ってしまいたくなる。

「相馬さんが深夜に電話をするのを遠慮してくれた程度なら許すけれど、二、三日もこのことを放っておいたなら、完全にギルティだよ」

今度は、ぼくがうつむく番だった。

「ほんとは、ゆうべ、誰かから聞いた話？」

「いえ……」

「何か彼女をかばう必要があるの？」

「彼女って？」

「代理店の社員。相馬さんがこんな話を放っておくとは思わないから、悪いけれどメールをチェックした」

深田課長は、話を聞きながら操作していたノートパソコンをぼくのほうに向ける。そこには、坂本菫からぼくに送られた「マイルストーン慰労会の件」のメールが映し出されている。

「坂本さんの名前は伏せてあげてください」

「それで損をするのは相馬さんだよ。わたしだって、上に報告すれば、誰に、いつ聞いたんだって問い詰められる。不確かな情報で、女優の事務所に契約を切りたいなんて言えないでしょ」

「申し訳ありません。彼女にも社内の立場があるみたいで……」

「ということは、代理店はもう知っているってこと？」

ぼくはうなずいた。

「これを部長に報告したら、チームはふたつに分けられる。それくらいの予想はつくよね？」

「ええ。契約解除の後片付けをするチームと、別の女優と新しいプロモーションを進めるチームができると思います」

「そのとおり。わたしがどっちに行けるかは分からないけれど、相馬さんはこのまだと間違いなく前者。その覚悟はある？」

坂本菫は保身のためにぼくに貧乏くじを引かせたのだから、彼女をかばう必要はないのかもしれない。

「どちらも仕事だし、懲戒を受けるわけでもありませんから……」

「分かった。ただ、課長レベルではどうにもならないことがあるのは、相馬さんも分かってほしい」

「分かっています」

「いますぐ、部長の一番早い時間を押さえて」

けれども、ぼくも深田課長もすでに手遅れだった。自席に戻ったときには、件《くだん》の女優の記事が載る週刊誌の広告の見本刷りを添付したメールが部長から届いていた。

「不幸中の幸いかな。わたしも相馬さんも、責任を問われなくて済んだみたい」

深田課長が、ぼくの席に来て肩をたたいた。


（結局、坂本さんが押し付けられたのか……）

ぼくは、そう思いながら、会議卓の向こうで平謝りをする坂本菫を眺めた。彼女とともに来社した上役たちは、深田課長とぼくに簡単な挨拶をしただけで、プロジェクトの責任者である執行役員との打ち合わせに行ってしまった。たぶん、彼らは松花堂《しょうかどう》弁当でも食べながら、次のイメージキャラクタ候補の話で談笑しているのだろう。

　そして、そこに呼ばれずにジャンクフードさえ運ばれてこない会議室にいるのは、プロジェクトの後片付けのチームを任されることを暗示していた。

「弊社の不手際でご迷惑をおかけし、誠に申し訳ありません」

「お互い、組織決定をしたうえでのことだから、坂本さんが謝罪することではないし、いまは次善策を考えるのが先です」

「はい……」

「まず、御社の取引先の進捗《しんちょく》状況の詳細と、違約金の概算を出してください。一週間程度でできますか？」

　深田課長が謝罪の言葉を封じて打ち合わせを進める。週刊誌に女優の不倫がスクープされることが分かってから二日間、ぼくは、自社と代理店、女優の所属事務所の役員や部長のスケジュールを調整するのに手一杯で、坂本菫と個人的な話をする暇がなかった。だから、彼女は、月曜日の夜に話したことを深田課長が知らないと思っているのかもしれない。

「週明けには出します」

「週明けまでに残っているのは今日の午後と明日だけです。実現可能な日程にしてください」

「土日も使えば、なんとかできると思いますので……」

「坂本さんはそれでいいかもしれませんが、進捗状況を回答する取引先も土日に作業をすることになるんです」

坂本菫は、「やらせます」ときっぱり答えた。彼女の勤務先は、そういう立場の企業だ。たとえ入社三年目の社員からの要請でも、取引先はメールかよくて電話の一本で彼女の言うことを聞いてしまう。彼女も、それを分かっているから、そんな無理なことを得意先で言う。

「坂本さん、わたしは仕事に戦争用語を持ち込むのが嫌いですが、わたしたちの仕事は言ってみれば敗戦処理です。こんなところで、御社の取引先に無理をかけないでください」

「でも、弊社が提案した女優ですから……」

「責任の所在をどうこう言ってはいません。御社は主にＢｔｏＢのお仕事がメインですが、当社は違います。御社の取引先で働く人は、当社のお客様かもしれません。次の打ち合わせは来週の水曜日の午後ということでいいですか？」

「だから、週明けにお時間をいただきたいと……」

「こちらも法務と契約を精査する時間が必要なので、水曜日の午後にしてください」

深田課長が、坂本菫の言葉をさえぎって打ち合わせを終わらせた。

「敗戦処理なんて言って、ごめんなさい」

エレベータ前まで坂本菫を見送った深田課長がぼくに言う。

「いいえ。どのくらいかかりそうですか？」

ぼくは、週明けを水曜日まで延ばしても、彼女は週末も出社するんだろうなと予想しながら、深田課長に聞いた。

「相馬さんは初めてか……」

「ええ」

「短くて半年、難航すれば一年っていうところかな。こっから先は、民法と契約書、それから議事録だけが、自分の味方だと思っておきなさい。わたしも、いつ相馬さんを見離すか分からない」

深田課長が後片付け側のチームを担当すれば、ぼくも残されるに違いない。それについては貧乏くじを安易に引いてしまったのだから、仕方ないと諦《あきら》めている。けれども、一年と聞かされると、やはり長いなと思う。

週が明けた月曜日の朝、ぼくは、坂本菫から送られたメールを読んでため息をついた。ぼくだけを宛先《あてさき》にしたメールは、違約金の概算値を記したファイルが添付されて、「深田課長様にご覧になっていただく前に、チェックをしていただけないでしょうか」と書き添えられている。そのメールの目的は、きっと坂本菫の「クライアントのために週末も仕事をした」という自分の上司へのアピールだろう。

（たぶんBCCには、向こうの上司が入っているんだろうな）

ぼくは、日曜日の午後八時過ぎの送信時刻を見ながら思う。坂本菫が自社内の情報を得意先に漏洩《ろうえい》したことにはならなかったはずだが、彼女は、後片付けを早めに終わらせて、代わりのイメージキャラクタで進める仕事のほうに加わりたいのだろう。その焦りがメールに添付された資料に出てしまっている。表計算ソフトのセルの大きさが統一されておらず、画面では取引先名が最後まで表示されても、印刷すると右端が切れてしまう。

ぼくは、社内の確認も取れていないだろう概算値の資料を見て、「各取引先とも、見積額を三倍にしてください」と返信を送った。プロジェクトが順調なうちは、百万円単位の計画案でも軽々と社内の会議を通るし、その単位での追加予算も意外なほどあっさりと認められる。そのプロジェクトが難航すると、会議資料は千円単位に変わり、二、三十万円のコスト増でも、事細かな説明を要求されて、その増分よりもはるかにコストがかかる打ち合わせと残業をしなくてはならない。

坂本菫は、深田課長を入れた水曜日の打ち合わせにもひとりで現れた。ぼくの職場では、すでにプロジェクトチームは一旦《いったん》解散となり、深田課長の下、ぼくを含めて四人の社員が残務処理を担当することが決まっている。四人の中ではぼくが職級、年齢ともに一番上だったし、四人しか実働がいないというのも不安だった。

「こちらの資料は、御社内で承認を取ったものですか？」

深田課長が、鑑《かがみ》以外は表計算ソフトをそのまま印刷した資料を見ながら言う。

「課長の渡辺は見ています」

「見たのと承認は別です」

見積りの合計額は、ぼくが月曜日に見た値の約二倍といったところだった。こんなところで見栄えのいい額を出しても、あとから苦労するだけだ。

「見積額をすべて倍にして、御社内での承認者を鑑に記した資料を出し直してください」

（課長も容赦ないな……）

鑑に社名や部署名だけを記すのは簡単だが、承認者の名前を入れろとなると、三年目の社員には途端にハードルが上がる。課長代理とか主任の名前を記すほど世間知らずではないだろうし、部長職の名前を勝手に使うわけにもいかない。

「それだと、一週間はかかります」

「ええ。だから、先週、一週間程度で出してもらえますかと確認したんです」

「えっと……」

　ぼくは、言葉を詰まらせた坂本菫を見て、同情しつつも黙っていた。深田課長が、上着のポケットからスマートフォンを取り出して何かを確認する。

「相馬さん、ちょっといい？」

　ぼくは、深田課長に連れられて打ち合わせブースの外に出た。

「こっちが必要な資料の書き方を教えてあげて」

「ぼくが、ですか？」

「相馬さんが三年目のとき、課長って怖かったでしょ？」

　ぼくは、入社当時の上司を思い出すが「怖い」というほどでもなかった。いままも社内ですれ違えば、「無理するなよ」と声をかけてくれる。

「ＯＪＴ面談のときとかは緊張しましたけれど……」

「彼女をひとりで寄越す代理店にもあきれるけれど、怯《おび》えて何も言えなくなるより、なめてかかれる相手のほうが話しやすいと思う」

　深田課長は、自販機で缶コーヒーを二本買ってぼくに渡すと、エレベータに向かってしまう。ぼくは、仕方なく、坂本菫がひとりで残されたブースに戻った。

「無糖と微糖があるけれど、どっちにしますか？」

「深田課長は？」

「部長に呼び出されたそうです」

深田課長は、ここから逃げ出すためにメールが入ったふりをしただけだ。

「やっぱり、相馬さんの言うとおり三倍にしておけばよかったんですか？」

「そういうことではなく、上司にメールを送って、開封通知だけで『見てもらった』と言うあたりが問題なんです」

ぼくは、鎌《かま》をかけただけだったけれど、正解だったようだ。

「そうですよね。でも、課長からはわたしに任せるって言われて、なかなか時間をもらえないんです。今日も、こちらにいらっしゃってもらえるように、スケジュールを押さえていたはずなんですけれど……」

坂本菫は落ち込んでいるのか、敬語遣いが滅茶苦茶《めちゃくちゃ》だ。ぼくは、会議卓の真ん中に置いたままの缶コーヒーを眺めながら、どうしようもないなと思う。

「後片付けの仕事は、誰もやりたがりません。だからと言って、社内で承認を取れていない金額を出されても、当社も困るし、坂本さんにとってもリスキィです」

「相馬さんは、どうやって、深田課長の時間をもらっているんですか？」

「当社は、新しいイメージキャラクタのプロジェクトチームと後片付けのチームとに分けたんです。深田は後片付けの専任です」

「それは恵まれていますね」

（そうでもないけれど……。課長だってこんな仕事はやりたくないだろうし、こっ

ちも部長のスケジュールを押さえるのに苦労している）

「御社とは、抱えているプロジェクトの数が違うだけです」

「でも、御社に採用されていたら、こんなことにならなかったのに……」

ぼくは、彼女の愚痴を相手にしないで、無糖の缶コーヒーを開けた。採用時の未練を三年も引きずっている社員は、どこに勤めても同じだと思う。どの企業にも、誰もやりたがらない仕事を担う部署があるし、花形と称される部署にも、取引先から接待されるチームと得意先を接待するチームがある。それを、企業内の部署の話とするか、経済全体の中の一企業の話として捉《とら》えるかの違いであって、そこで働く個人レベルでは大差がないと、ぼくは思う。

「深田も、社長印や部長印を求めたわけではないので、何とかなりませんか？」

「一週間では、とても無理そうです」

「そうだったら、気軽に『一週間はかかります』なんて言わないでください」

「でも、二週間で出せるかどうかも分からないし、一ヶ月くださいなんて言ったら怒られますよね」

「そういうときは、『持ち帰って、上司と相談します』って言えばいいんです」

（取引先の社員教育までやらなきゃならないのか……）

そうは思うが、深田課長が諭《さと》せば、彼女は緊張したままで「十日でお出しします」と答えたのだろう。その発言が議事録に残されれば、彼女の首を締めていく。

「まず、主任でも課長代理でもいいから、自分の味方になってくれそうな中堅社員の方を探してください。ひとりでは無理です」

「わたしが余計なことを言ったから、課長に嫌われているのかもしれないし……」

「部下から悪い報告を受けたからといって、その部下を煙たがる上司はいません」

「でも、実際には……」

（それなら、なんで、ぼくには相談してくるんだ？）

坂本菫がため息をつく。ぼくは、それを聞いて、本当になめられているなぁと思う。結局、何の進展もない会話を続けて、打ち合わせブースを使える時間が終わった。ぼくは最後に「就職できなかった当社を見返したいなら、自分の味方を探してください」と彼女に言ったが返事はなかった。仕方なく、未開封の缶コーヒーを持って職場に戻り、深田課長にそれを返した。

「わたし、砂糖入りは飲まないんだけれど」

「すみません。無糖のものを買ってきたほうがいいですか？」

「うん、烏龍茶《ウーロンちゃ》を買って、あそこの会議室で待っていて。あと一本、電話をもらったら行くから」

深田課長は、そう言って、自分の社員カードを渡す。社員カードには電子マネーがチャージされているので、それで烏龍茶を買えということなのだろう。

「で、どんな様子だった？」

「ほとんど彼女の愚痴でした」

ぼくは、深田課長に言った。

「その報告は、相馬さんの愚痴と同じだと思う」

「すみません。坂本さんは社内で孤立しているみたいです」

「向こうにしてみれば、数ある客先の中のひとつだから仕方ないか……」

「ぼくから、先方の渡辺課長に見積りを依頼してもいいですか？」

「それが次善策の中では正解。でも、あまり粘らなくていいよ。ごねるようだったら、わたしに回して」

「分かりました」

ぼくは、余った缶コーヒーを会議卓の上で回した。

「砂糖入りがいやだったら、相馬さんの分も買ってよかったのに」

「甘いものがほしくなったときに取っておこうと思って」

「相馬さんにしては機転がきくね。これから甘いものがほしくなるような作業をお願いするところだったんだ。悪いけれど、他言無用で、このアカウントの書き込みのチェックを手伝って」

手書きのメモを渡される。「FB」「T」「I」と並んでいるので、SNSのアカウントなのだろう。「FB」には×印が付けられている。

「坂本さんのですか?」

「そう。人事部に調べてもらった。フェイスブックは鍵がかかっているから、ツイッターとインスタグラムのみ適当なアカウントを作って、今夜からわたしと交代で監視する。こっちの社名が分かるネガティブな書き込みがあったら、すぐにわたしにだけ連絡して。今夜は、相馬さんでいい?」

「ええ、構いません。ネガティブな書き込みを報告すると、どうなるんですか?」

「彼女をこの仕事から外してもらう」

「そんなことをしたら、かえって恨《うら》み言を書き込まれるかもしれません。坂本さん、就職活動の際、当社が第一志望だったのに採用面接で落ちているんです」

深田課長がため息をつく。

「それを先に報告しなさい」

「彼女の個人的なことだし……」

「いい? 彼女が、後片付けを押し付けられて、自分の会社の悪口を書き込むんなら、いくらでも構わない。でも、あの女優だって、いまは不倫でたたかれているけれど、いつ、それが同情に変わるか分からないでしょ。そのときに、こっちが長期契約を切ったことが漏れれば、社のイメージは悪くなる。『不倫程度で仕事を奪う必要があるのか？』ってね。それと同じように、彼女がいつ当社に個人的な恨みを感じるかなんて、分からないでしょ」

「ええ。でも、真偽も確認していないし、現時点では当社に恨みはなさそうです」

「相馬さんが彼女に同情するのは勝手だけれど、いまは個人情報どうのこうのって言っていられないの。他にもある？」

（同情もしていないけれど……）

ぼくは、彼女の恋愛の件は関係なさそうだったが、「彼女があのマンションに出掛けたのは、友人の出産祝いではなく、恋人の部屋に行くのが目的でした」とだけ報告した。

「分かった。今後は、勝手にプライベートのことだと判断するのはやめなさい。見積りの件は、わたしから先方に連絡するから、相馬さんは、すぐに坂本さんの就職活動の時期からの書き込みを確認して」

「分かりました」

ぼくが、そう言って席を立ち上がろうとすると、深田課長に止められる。

「ここでやるの。他の社員が、他社の若い社員の個人情報までかき集めているのを知ったら、自分も同じように監視されているんじゃないかって、わたしに不信感を抱《いだ》くでしょ。相馬さんもだろうけれど、他の三人だって、こんな汚れ仕事のチームに残されて不満を持っていることくらい想像しなさい」

深田課長は、会議室を出て行ったが、すぐにＷｉ－Ｆｉで社外とも接続できる管理職用のノートパソコンを持って戻ってきた。ぼくは、ツイッターとインスタグラムにアカウントを作っているところだった。

「スマホで見ていると目を悪くするから、こっちでやりなさい」

「ありがとうございます」

ぼくは、始末書《しまつしょ》を書かされているような気分で、坂本菫の過去の書き込みを追った。

写真に短文を添えるインスタグラムは、ほとんどの書き込みが学生のころのもので、旅行先や友人との食事の様子が写されている。顔の部分は写真を加工して隠されているが、彼女の笑顔を想像できた。大学の卒業式以降は、帰省先であろう桐生《きりゅう》の写真がいくつかあるだけだった。

ぼくは、メモパッドに大学名と「実家はたぶん群馬」と書いただけで、インスタグラムを閉じた。

（この大学なら、採用面接で通りそうだけれど、よほど緊張していたのかな）

短文だけを書き込むツイッターは、ざっとスクロールしたかぎりでは、学生のときよりも就職してからのほうが多く利用されている。ぼくは、読み込める最も古い書き込みまでスクロールをしてから、三年前の就職活動のシーズンまで書き込みを読み飛ばす。
《なんで第一志望の面接が最初になるかなぁ。こんなことなら外資も受けて面接慣れしておくんだった》
《遅刻しないようにしたら一時間も早く着いた。緊張の時間が長くなるだけでつらい》(アイスコーヒーの写真付き)
《たばこ吸いたいけど我慢。せっかくトワレつけてるし我慢》
《大大問題。リップ間違えてる。面接官って自社製品見分けられるもの？》
坂本菫は、よほど落ち着かなかったのか、採用の一次面接前の小一時間だけで、一ダース近くの書き込みをしている。そして、彼女は一時間後にひどく落ち込んでいた。ぼくは、それらをスクリーンショットにして保存した。
《後期日程とか補欠合格とかないの……》
その一週間後に、社名が書き込まれてしまっていた。
《××の広告代理店ってDとHのどっち？》
彼女が、これからトラブルを起こしたときに、マスメディアがどこまで彼女の過去を調べるのかは分からないが、ことによっては、彼女と自社の関係を知られてしまう。ぼくは、彼女のアカウント名と社名のAND条件で検索をかけてみたが、社名が記された書き込みは、その他に《みんなにすごいねって言われるけど××に行きたかったんだよ》の一件だけだった。

公務員試験と司法試験が終わった時期に再び新卒採用の機会があるが、そのときにも彼女は書類選考に落ちた書き込みを残している。それからしばらくは、就職のことよりも卒業論文に関する書き込みが多くなったけれども、彼女は諦めきれなかったようだ。

《来年は売り手市場ってずるくない？　卒論出すのやめたほうがよい？》

《親、留年却下。なんでわざわざ小さな会社に行くの？　とか、給料しか興味ないんかい》

（こんなことが仕事なのかなぁ……）

ぼくは、人事部に異動した同期の女性も、就職活動のシーズンや社員にトラブルがあったときは同じことをしているのだろうかと想像する。フェイスブックもインスタグラムも「坂本菫」から連想できそうなアカウント名だが、ツイッターのアカウント名は〝@niisukuneiti117〟とほとんど意味をなさないアルファベットの羅列だ。どうやったら社外の女性のアカウントを特定できるのか不思議になるし、同期の彼女がこんなことをしていなければいいと願った。

ぼくは、坂本菫の恋愛話の書き込みを読み始める前に、休憩を取ることにした。窓のない会議室から出て休憩コーナーに行くと、外は暗くなりかける時間だった。ぼくは、やりきれない気持ちで、持て余していた微糖の缶コーヒーを開けた。深田課長の言っていたとおり、身体《からだ》が甘いものをほしがっている。

「なんだかなぁ……」

　ひとり言を吐き出しても気持ちが晴れない。彼女がこぼした愚痴ではないが、人事部が彼女を採用していれば、こんな貧乏くじは引かずに済んだのかもしれない。

ぼくは、うんざりしながら会議室に戻って作業を続けた。

　八時過ぎに、深田課長から「そろそろ帰りなさい」と声をかけられるまでに分かったのは、坂本菫が今回のプロジェクトの担当になったことを本当に喜んでいたことだけだった。

「当社と関係のありそうな書き込みは、スクリーンショットをデスクトップのフォルダーに入れてあります」

　ぼくは、深田課長にノートパソコンを返して、「先方の課長とは連絡が取れましたか？」と聞いた。

　深田課長は、パソコンの画面に目を向けたまま、無言で首を横に振る。

「課長はまだ帰れないんですか？」

「相馬さんが、こんな時間になってからスクリーンショットの在《あ》り処《か》を教えてくれるもんだから」

（ぼくに嫌味を言わなくてもいいのに……）

「当社の名前が分かる書き込みは二件だけです。どちらも三年前の採用がらみで、ぼくの判断では恨み言という感じではありません」

「ありがと。とりあえず二件だけ見れば帰れるってことね」

「すみません。その二件だけ、タグとかで分かるようにしておけばよかったんですけれど……」

　ぼくは何度目かのため息を聞くことを予想したが、深田課長はうなずいただけだった。

「わたしの心配より、今夜は相馬さんが見張り番だから、憂さ晴らしに飲み過ぎたりしないように」

「ええ。何かあれば連絡します」

「いろいろとお疲れさま」

　坂本菫の愚痴のとおり、ぼくは恵まれた職場にいるのかもしれない。ため息と多少の嫌味を聞かされても、最後には笑顔で見送ってくれる上司がいた。

坂本菫の書き込みは、平日には何もなかった。なんとか仕事を挽回《ばんかい》しようとSNSどころではなかったのかもしれないし、彼女の認めた人しか見られないフェイスブックに書き込みをしているのかもしれない。

日曜日の朝、自宅のパソコンに深田課長からメールが届いている。

《昨日も彼女の書き込みはありませんでした。ただし、彼女は二週間前に彼と別れたようです。そういった状況だと、仕事から解放されたときに投げやりな気持ちになりやすいので、監視は続けてください。

日曜日に自宅で仕事をさせるのは違法行為であることを承知のうえで、よろしくお願いします。何かあれば、時間を気にせず連絡をください。

それから労使でもめたときのために、相馬さんが勝手にやったことではないエビデンスとして、このメールを保管しておきなさい。深田》

ぼくは、遅い朝食を作り、ノートパソコンを起動して、前日に観《み》た芝居のパンフレットをめくった。日曜日の千穐楽《せんしゅうらく》を観たかったが、いまとなっては、そのチケットの抽選に漏れたのは幸運だった。三時間以上の観劇の幕間《まくあい》も見張り番を続けていたら、暗殺された王の亡霊を見てしまうかもしれない。

土曜日に書き込みがなかったということなので、ぼくは、パソコンを脇《わき》に置いてDVDを見ていた。

《ハムレットのストレートプレイ、せっかく千秋楽のチケットが取れたのに仕事しているなんて、オフィーリアよりも悲しい》

「厄病神か……」

ぼくは、DVDをサスペンドして、ひとりの部屋でつぶやいた。

《今日は課長がいないだけましか。これで十九連勤確定》

昨日の土曜日は、上司も職場にいたので仕事中にスマートフォンを操作できなかったのだろうか。残業自慢をインターネットで世界中に発信する暇があるなら、その一、二分だけでも早く仕事を片付けて芝居を観に行けばいい。千穐楽は三時開演のマチネだったから、まだ十分に間に合う。

（だいたい、厄災を招く君は、オフィーリアよりもガートルードだ）

坂本菫が、純真すぎたが故に正気を失う悲劇のヒロインに自分を喩《たと》える傲慢《ごうまん》さにあきれる。ぼくは、残業自慢を始めた彼女のことを深田課長に報《しら》せるべきかを迷った。

ぼくの入社当時の上司は、「管理職は部下が精神疾患になる兆候のベンチマークを持っている。だから、新しい上司の下についたときは、そのベンチマークを先に聞いておけ」と諭してくれた。ぼくが「はい」とだけ応えると、「はいじゃなくて、いまから実践しろ」と叱《しか》られた。そのときのことを、いまごろになって思い出す。

彼のベンチマークは「アルコールが入っていない帰宅時に、グリーン車に乗るか、自費でタクシーを使い始めたら、おかしくなったと思ったほうがいい。だから、俺は残業が続いている部下に『ゆうべはちゃんと帰れたか？』って探《さぐ》りを入れる。タクシーは通勤経路の最後の一区間でもだ」というものだった（彼の最後の一区間は、JRの駅から自宅までバスで十分、歩いて二十五分の距離だった。その二、三キロをタクシーに乗りたくなったら、翌日は仕事をさぼることにしていると付け加えてくれた）。深田課長のベンチマークを聞いておかなかったことを後悔するとともに、入社して八年が経《た》つのに、自分のベンチマークを見つけていないことが不甲斐《ふがい》ない。

《オフィーリアって、柳の枝が折れて川に落ちるんだよね。わたしの周り、ほんと頼りない枝ばっかり》

そんなことを思い出している間も、彼女は世界に向けて愚痴をこぼし続けている。ぼくは、当座の判断で深田課長への連絡を先延ばしにした。

月曜日の定時直前に、深田課長から会議室に呼ばれる。代理店を通さなかった取引先には契約変更を依頼するために相手先の責任者を交えた打ち合わせを要したが、そのスケジュールが整って、急ぎの仕事のない午後だった。ぼく以外の三人の社員も、思っていたほどくさっていない。

「凪《なぎ》みたいな感じですね」

他の社員が定時で帰り支度《じたく》を始めるのを見ながら会議室に入って、ぼくは深田課長に言った。

「それを言うなら、台風の目の中でしょ」

ぼくは、そういうものかと思いながら、深田課長の向かいに座った。

「昨日はお疲れさま」

「部屋でのんびりしていただけですから……」

「彼女がオフィーリアだったら、さしずめ当社はハムレットなのかな？」

深田課長は、ぼくが出社前に自宅から送ったスクリーンショットを確認したのだろう。そう言って笑う。

「彼女にオフィーリアは役不足です」

「えっと、相馬さんは彼女がオフィーリアよりもかわいそうだって思っているの？役不足って、大物俳優が脇役に甘んじるときに遣う言葉だけれど」

ぼくは、あとで辞書を引こうと思ってメモをした。

「相馬さんがどっちの意味で役不足と言ったのかはともかく、ハムレットが裁判所に破産を申請するシナリオは避けないとね。ところで、わたしの配役はコーデリアでいい？」

「コーデリアはリア王の三女です」

「そのくらい知っている。どっちにしろ死ぬなら、溺死《できし》より獄中死のほうがいいし、家来《けらい》の娘よりフランス王妃のほうがましってこと」

「不吉なことを言わないでください」

「それなら、相馬さんは、どうしたらいいと思う？」

　部下の成長ぶりを測るふりをしたその質問は、上司が自分で答えを見つけられないときの常套句《じょうとうく》だが、深田課長は自分の案をすでに決めていることが多い。

「今週中に坂本さんが自社内に味方を見つけられなかったら、先方の部長に、彼女を外してもらう依頼をするくらいしか思いつきません」

　相手先で代わりに後片付けを担当する社員が、優秀か否かは分からなくても、坂本菫に続けさせるよりはましな気がする。坂本菫は、日曜日の昼過ぎもツイッターに書き込みを続けながら仕事をしていた。退社したのは六時過ぎで、今日、彼女からメールがなかったということは、ろくな成果がなかったということだろう。

「今週末を待つのは反対だな」

「他社の人事に口出しするのをそんな簡単に決めていいのかってことです」

「相馬さんが彼女に同情するのは構わないけれど、オフィーリアに言い寄られても、彼女のお兄さん、誰だっけ、とにかくその人との決闘に応じたりしちゃ駄目よ。彼氏に振られたくらいで溺死する女は滅多にいない」

　坂本菫に言い寄られることはなさそうなので、ぼくは「彼女の兄はレアーティーズです」とだけ言った。

「レアーティーズか……。レアーティーズも死んじゃうはずよね。ハムレットを救出しようとしたどっかの王子の名前は？」

「ノルウェイの王子ですけれど、名前は忘れました」

「相馬さんをキャスティングしようと思ったのに名なしか……。ノルウェイ王子は、たしか死なないで済むよね」

「最後にちょろっと出てくるだけですから」

「悲劇の幕は早めに下ろしたいから、オフィーリアが溺《おぼ》れる前に出てきてほしい」

「えっと……」

　ぼくは、深田課長が別の話をしているのに気づけなかった。いつの間にか、悲劇以外の話に誘導されている。

「ごめんなさい。深田課長の案が分かりません」

「ハムレットが言ったとおり、オフィーリアを修道院に隠蔽《いんぺい》しようと思っている。そうすれば、ハムレットもレアーティーズと決闘をしなくて済む。ここまで言って分からないなら、わたしの勝ちだな」

「ぼくの負けで構いません」

「そんなに簡単に諦められるとつまらないけれど、オフィーリアに同情しちゃう相馬さんじゃ仕方ないか」

（そこまで言わなくても……）

ぼくがため息をつきたい気分でいると、深田課長が続ける。

「彼女を当社に出向させてもらうように、部長経由でお願いする。こっちは、彼女を四十年雇う経費よりはるかに損害があったんだから、ひとりくらい応援を寄越してもらわないと気が済まない」

「でも、当社であんな適当な仕事をされたら……」

「だから、相馬さんにトレーナーをお願いする。オフィーリアが柳の枝を摑む前に『そんなことをしたら溺死する』って教えてあげて」

「それは、ぼくにハムレットになれってことですか？」

「いくらなんでも、相馬さんをいきなり主役に抜擢《ばってき》するわけないでしょ。相馬さんは端役《はやく》のノルウェイ王子よ」

ぼくは我慢していたため息をついた。

「上司の前でため息をつくのはやめなさい」

「課長の部下にするんだったら、課長が責任をとってください」

「コーデリアが、ハムレットに出てきたら変でしょ。明日九時半に部長のスケジュールを押さえたから、ノルウェイ王子がいやだったら、それまでに代案を考えてきなさい。まぁ、ハムレットがオフィーリアのお父さんを間違って殺すくらいのシナリオなら認めてもいい」

「オフィーリアのお父さんには、誰を配役しているんですか？」

「部下に後片付けを押し付ける、あのいけ好かない課長以外にいるの？」

深田課長の案の前半には賛成だし、「さすがだな」と思った。坂本菫を当社の社員にすれば、彼女も採用面接での失敗を形式上は挽回できるし、ツイッターに出向先の不利益になるようなことは書き込まないでくれと面と向かって指示できる。この状況であれば、得意先への出向で彼女のキャリアに傷がつくこともないだろう。けれども、後半はどうにも承諾できない。

「若造が、仕事を選んだり、部下を選んだりするのはやめなさい」

反論を探しているうちに、深田課長にぴしゃりと咎《とが》められる。

「はい」

「一度、『若造』って言ってみたかったのよね。うまくいけば今週末に、相馬さんの責任で、オフィーリアに『Get thee to a nunnery（尼寺にでも行くがいい）』って伝えておいて」

「それは、ノルウェイ王子ではなくハムレットの科白です」

「仕事を選ばない。上司に同じことを二度言わせない」

「分かりました」

「他に質問は？」

ぼくは、「弱き者よ、汝《なんじ》の名は平社員」と言いたいくらいだった。

「話は逸《そ》れるんですけれど、深田課長の部下が体調を崩すのを測るベンチマークって、何ですか？」

ぼくは、立ち上がりかけた深田課長に聞いてみた。

「ベンチマークって何？」

「この部下はもう休ませないと精神疾患になるっていう、閾値《いきち》みたいなものです」

「ああ、そういう意味か。閾値よりもベンチマークのほうが分かりやすいよ。でもそれを教えたら、相馬さんは、そのふりをするでしょう」

「ハムレットの役はもらえなかったので、狂気に陥ったふりはしません」

深田課長が首をかしげるようにして、何かを考えている。

「もうお腹《なか》が減ったから、会議室じゃなくて、軽く飲みに行こうか？」

ぼくが「ええ」と答えると、なぜか深田課長に笑われた。

「だからぁ、オフィーリアに言い寄られても簡単についていくなって、さっき言ったばかりでしょ」

「えっと……」

「まぁ、わたしはコーデリアだから心配無用だけれど。メールを確認したら出られるから、下で待っていて」

ぼくは、うなずいてコーデリアのために会議室のドアを開け、誰もいなくなった会議室でため息をついた。


深田課長から「インド料理店でいい？」と言われて、ぼくたちは、あまりインドらしくない（つまり一般的なレストランと変わらない）内装の店に入った。

「ひとりだと、ひとつのカレーしか頼めないから、誰かと来たかったのよね」

「パートナーの方といらっしゃればいいじゃないですか？」

「旦那《だんな》との食事で会社に近寄りたくない」

ぼくは「まぁそうだな」と思いながら、カレーの注文を課長に任せた。

「それで、酔っ払って口が滑らないうちに答えておくと、自分や部下のミスを上司に報告できなくなったらアウトだと思っている。部下っていうよりは、自分のベンチマークとして」

「厳しいですね」

「そうかな。上司に悪い報告をするのは、課長より部長のほうが大変だよ。仮に役員になれば株主に報告しなきゃならない。それに、上に行けば行くほど部下が増えるのに比例して、責任をなすりつける誘惑も大きくなる。だから、一般社員のときに悪い報告ができない人は、昇格してもつらくなるだけだし、会社を潰《つぶ》す原因にだってなりうる」

ぼくは、うなずいて、まだ熱いナンをちぎった。

「相馬さんが仕事を休みたくなったら、悪い報告だけして『隠蔽するかどうか迷いました』って言ってくれればいいから」

「ええ、そうします」

「隠蔽という意味では、精神的にまいって休みたいときに『体調不良』っていうのも嫌い。隠語みたいなものだと思って認めるけれど、ベッドから出たくないなら『疲れが溜《た》まっている』と言えばいいし、上司の顔を見たくないだけならそう言ってくれて構わない」

「体調不良」というのは、ほとんどの場合、「精神疾患の兆候がある」という上司への脅《おど》し文句だった。深田課長は、ほうれん草のカレーをナンですくっている。

「それからサービス残業も同じ。サービス残業って、言い換えると残業の隠蔽だもの。自分の生産性を過大報告している」

　ぼくは、上司からするとそう見えるのかと思う。

「それにしても、オフィーリアのハムレットへの執着って、何なんだろうな。相馬さんは、希望とおりの就職先だった？」

　上司にそう聞かれて、他社を答えるわけにもいかない。規模が大きくて見栄えのする企業から順に採用面接を受けて、引っかけてくれたところに入っただけだ。

「もう忘れました」

「無難に答えたつもりかもしれないけれど、そういうときは、宇宙飛行士とか南極観測隊とか簡単になれないものを答えておけばいいの」

　ぼくは「覚えておきます」と答えて笑った。その答えなら、誰も文句は言わないだろう。

「わたしは宇宙飛行士になりたかった」

「意外です」

「そう？　さっきのミスを隠蔽する話も、その教訓だよ。相馬さんの歳だと、チャレンジャの事故は生まれる前か……」

「チャレンジャって何ですか？」

「スペースシャトルの船名。スペースシャトルは、試験機のエンタープライズから始まって、コロンビア、チャレンジャ、ディスカヴァリィ、アトランティス、エンデヴァの五機が宇宙に行っていて、そのうちの二機が墜落している」

スペースシャトルの船名をすらすらと言える深田課長には、「宇宙飛行士」との答えは通用しそうもない。

「チャレンジャは打ち上げ直後、コロンビアは大気圏突入時にクルー全員とともに失っている。百三十五回の大気圏外との往復で二回の失敗は、事故率としてどう思う？」

「毎月一回、飛行機で出張する人なら、約十年のうちに死亡するってことですよね。ぼくなら、その型番の飛行機には乗りません」

「十年もかからない。確率は百三十五分の二なんだから、事故が起きるまでの出張回数はだいたい七十。相馬さんが十年は大丈夫と思っても、六年以内に帰らぬ人となるね。それでも、わたしはスペースシャトルに乗りたかった」

ぼくは、数学が苦手だったので、喩えを変えた。

「それなら、百三十五種の商品を出して、そのうちふたつが、お客様の肌に傷をつけたら、その化粧品会社が潰れるのは間違いありません」

深田課長が「そっちのほうが分かりやすい」と言ってうなずく。

「チャレンジャの事故は一九八六年で、鮮明な映像も残っている。けれども、NASAの幹部は、事故の原因となった部品の欠陥を九年間も隠蔽していた。現場からは、一九七七年にちゃんと報告を受けていたの。コロンビアの事故は、大気圏突入時なので詳細は分からないけれども、NASAが断熱材の安全基準を逸脱していたことは間違いない」

深田課長がカレーを食べながら話すのを、ぼくは黙って聞いた。

「それまでも断熱材の破損は日常的に起こっていたし報告もされていたけれど、それで事故が起きていなかったから、NASAはだんだん安全基準を守らなくなった。この過程は事故後に『逸脱の標準化』って名付けられるんだけれど、NASAはその事実を隠蔽しようとした。『逸脱の標準化』って分かる?」

「なんとなく……。ある社員が、トラブルの前兆を発見して上司に報告する。その上司は、過去に何度か同じような報告を受けたことがあったけれども、それがトラブルにはつながらないことを経験的に知っている。あるいは、トラブルの前兆だけで回避策を打つと、かえってコストがかかった失敗があった。だから、その社員に『黙っていろ』と口を封じる」

ぼくは、坂本菫のことを話した。

「だいたい合っている。そういう癖をつけないために、部下の報告っていうのは馬鹿《ばか》にしちゃいけない。あるいは、経験もない相馬さんが勝手な判断で『これは報告しなくてもいいだろう』と判断するのもリスキィだったと思う」

ぼくはうなずいた。

「二件の事例によると、現場の人たちはちゃんと欠陥や破損の報告を上げているのに、どこかの段階で、それがなかったことにされて、最終的には人命を奪う事故が起きる。そういったことを一般社員のうちから報告できないようだったら、お客様の肌に炎症の痕《あと》が残る商品を出荷するし、いつかは会社を潰してしまう。だから、隠蔽をする部下は、すぐに切る」

「それで、彼女を修道院に匿《かくま》うんですか?」

「そう。オフィーリアは何とか相馬さんに伝えようとしたんでしょ。だから、隠蔽しようとしたオフィーリアのお父さん、名前は知らないけれど、あの課長は斬《き》られてもいいから、彼女を救出しなさいって指示を出したの」

ぼくは、オフィーリアの父ポローニアスの名前を言う前に「分かりました」と答えた。

「わたしの予想だけれど、オフィーリアの彼氏って既婚者じゃないかと思う。相馬さんは、どう思う?」

「ごめんなさい。彼女自身から既婚者だと聞いていました」

ぼくは、素直に自分の隠蔽を認めた。

坂本菫の人身御供《ひとみごくう》のような出向は、すぐに幹部同士で話がついたらしい。その週の金曜日の朝、深田課長から、ハムレットの名科白のひとつ『Get thee to a nunnery』を彼女に伝えるように言われた。

「ハムレットの狂気が偽《いつわ》りのものだって教えるんだから、修道院に入るまではツイッターの書き込みもやめてくれって、ちゃんと言っておいてね。そうしないと、クローディアスがハムレットを殺しにくるかもしれない」

「分かりました」

「オフィーリアの監視は、今夜で終わりにしたい」

(今夜は、ぼくが見張り番だけれど……)

ぼくは、坂本菫にその日の午後一番で自社に来てもらい、そのことを伝えた(もちろん「尼寺に行け」とは言わなかった)。彼女のアカウントはその夜に消されて、ぼくも深田課長も平穏な週末を過ごした。

坂本菫が着任した日の夕方、ぼくは、転入手続きを終えた彼女とふたりで打ち合わせをした。彼女の真新しい社員証の顔写真からは、代理店で見た社員証のものより、心なしか精悍《せいかん》な印象を受ける。ぼくは、当面の間、社外の打ち合わせにはひとりで赴《おもむ》かないこと、取引先に資料を見せるときには課長の承認を得ること、どんな小さなミスでも隠蔽しないことの三つを指示した。

「夜中でも、資料を見てもらえるってことですか？」

「違います。資料は定時までか、課長の承認した残業の時間内に作ってください」

「それまでにできないときは、どうすればいいんですか？」

「出向で来てもらっている坂本さんに、そんな無理はかけないので、時間内で作るように努力してください。土日の勝手な出社も駄目です」

坂本菫は、うなずいたあとに、「あの……」と言い始める。

「これから一年間は当社の社員として働くんだから『郷に入れば郷に従う』と思って我慢してください」

「そのくらい分かっています。一年後に戻らない方法ってありますか？」

ぼくは「いまから来年の心配をしているのか」と言いたくなる。社内で実際に働いてみれば、化粧品会社の仕事も、代理店とそう変わらないことに気づくはずだ。

「坂本さんが、深田課長にどうしても当社に必要な社員だって思ってもらえるようになって、かつ、年収が下がってもよければ、そのときに課長に相談してください」

坂本菫がため息をつく。

「相馬さんって、年収だけで就職先を選んだんですか？」

ぼくは、「南極観測隊になりたかった」と答えようかと思ったけれども、それが深田課長に伝わると笑われそうなので返事を濁した。

「その他にも、明日からの仕事で疑問点はありますか？」

「えっと……、何でも報告しないと駄目なんですよね」

ぼくは、彼女に不穏な雰囲気を感じ取った。

「ぼくに言いにくいことは、深田課長に相談すればいいから」

「わたしの不倫の相手とかも、ちゃんと言ったほうがいいですか？」

「そんなことまで報告しなくていいです」

予感が当たってうんざりする。ぼくは、どこで誰が誰と恋愛をしていようが興味を持てない。

「でも、一応、報告しておきます。渡辺課長なんです。あとから知ったんですけれど、あの課長、若手社員をよくもてあそぶみたいです。だから、わたしの後任が若い女性だったら、そう思ったほうがいいです」

ぼくは、ため息を呑《の》み込んで彼女との打ち合わせを終わらせて、そのことを深田課長に報告した。

「相馬さんさぁ……、気づいていなかったの？　こっちは、あの課長の個人的な厄介払いを引き受けるんだから、間違って殺してもいいって言ってあげたじゃない」

定時後の会議室で、深田課長があきれ顔で言う。

「他人の恋愛に興味がありません」

「恋愛？　セフレでしょ？　そんなことも恋愛だと思っちゃう相馬さんは、オフィーリアに誘われてもハムレットになろうなんて野心は持たないほうがいいよ」

「ええ」

「職場で『生きるべきか、死ぬべきか』なんて悩まれても、わたしは相談に乗らないから」

「分かっています」

ぼくが呑み込んでいたため息を吐き出してしまうと、「上司の前で、ため息をつくのはやめなさい」とすぐに返された。深田課長はコーデリアでも役不足だと思う。

彼女の時間

時間が均一に進んでいることを、ぼくは確かめられない。

時間には速さだけがあって、進む方向は変化しているかもしれない。人が、それを証明するのは難しい。樹齢千年の老木に時間を思う回路があったとしても、その証明も否定もできないだろう。

ぼくは、照明を半分に落とした書斎で、意味もなくつけていたTVを古いSF映画のDVDに切り替える。宇宙空間だというのに、戦闘機から発射されたミサイルはいつまでも噴射を続けているし、戦闘機が発射の反動で跳ね返されることもない。「まぁ、いい。SF映画なのだから」と思う。それに、いま確認したいことは、宇宙空間におけるミサイルの弾道ではない。映画は何でもよかった。時間の速度を考えるために、リモコンの早送りボタンを押す。そのとき、画面の中の俳優たちは、時間の速度が変わったことに気づいているだろうか。

気づくわけがない。

それならばとリモコンのリバースボタンを押す。当然のことながら、俳優たちは、数秒前に演じていた動作を、逆の手順でなぞる。戦闘機の太陽帆なのか翼なのか分からない部分に被弾した際の焦りも、時間が逆方向に進むにつれて、徐々に薄れていることだろう。

(本当に、当然のことなのか……)

それは、ぼく自身にとっても同じことだ。仮に並行世界が存在して、そこでは、ぼくたちのいる世界の時間を支配できるとする。その並行世界の誰かがリバースボタンを押していたとしても、ぼくはそのことに気づけないだろう。煙草《たばこ》に火を点《つ》けて、煙の行方《ゆくえ》を目で追う。時間の進行とは、エントロピィの増大である。そのとおりかもしれない。

エントロピィとは、一八六五年にドイツの物理学者ルドルフ・クラウジウスが発明した言葉で、和訳すると「示量性状態量」となる。けれども、何かの講義で「シリョウセイジョウタイリョウ」と言ってみたところで、いったいどれくらいのトレーニィが、正しい漢字を割り振れるか疑問だ。そんな小難しい言葉を持ち出すまでもなく、講義中に線香を焚《た》いて、線香が短くなるのとともに煙と香りが講堂に溶け込んでいく様子を見せればいい。線香は時間を測る原始的な時計のひとつだ。けれども、そのことで時間が一定の方向に、均一の速さで進んでいる証明にはならない。あるいは、その否定もできないだろう。ただ、時間の速度は均一だと仮定しておくと、身の回りの様々な現象を説明しやすい、というだけだ。

二本目の煙草に火を点けると、妻の桃子《ももこ》が半開きだった書斎のドアをノックする。

「また眠れないの？」

TVの音は消していたし、ぼくの不眠症が始まってから、寝室を別にしていた。桃子にも朝から夕方まで続く仕事があり、毎晩、ぼくに付き合わせていれば、彼女の身が保《も》たない。

「そうなのかな……」

「そんな他人事《ひとごと》みたいな言い方をして」

桃子が、あきれたような、けれども優しい声で言う。

「ぼくは、いま起きているのか？」

「わたしと話している」

それさえ分からない。寝る前に飲んだ睡眠薬が、まだ身体《からだ》に残っている。ぼくは左手の腕時計に目をやる。午前二時三十三分。薬を飲んだのは十二時少し前だったので、まだ薬効の半減期に達していない。ぼくが薬で眠らされている間も時間が均一に流れていた、と仮定すればの話だ。

「そうだね。しばらく休んだらベッドに戻る」

「お酒飲んじゃ、だめよ」

「分かっている」

桃子は、書斎のドアを半開きにしたまま廊下を去っていった。職場の若い医師は、「不本意な仕事で、過剰なストレスがかかっているのかもしれません」と言う。彼は、患者の経歴を見て、そう決めつけたのだろうが、ぼく自身にその認識はまったくなかった。

ぼくは、再び腕時計の長針に目をやる。午前二時三十四分になろうとするところだ。機械式の腕時計の秒針は、音もなく時間の中を滑っている。煙草の先も、だいたい三十秒分が灰に変わっている。ぼくと同じ時間の中を、相対的に同じ速度で煙草も時計も進んでいる。

時間は、いつか終わりを迎えるのだろうか。

終わりがないとすれば、それは無限ということになりかねない。無限なんていうものが、本当にこの世界に存在するのかと思う。少なくとも、コンピュータの中の時間は有限だ。コンピュータの中に、どんなに長い物語を構築しても、その時間軸には終わりがある。たとえば、コンピュータの基本システム（ＯＳ）として普及しているＵＮＩＸ《ユニックス》で使われている時間は、協定世界時の一九七〇年一月一日〇時〇分〇秒を起点にして約二十一億秒しか時間を表現できない。あるプログラマが、インターネットから無作為に情報をかき集めて物語を構築しつづける人工知能を作ったとしても、その物語は、日本標準時で二〇三八年一月十九日の昼過ぎに終焉《しゅうえん》を迎える。あるいは、循環を始める。

現実の世界の時間は、どうなのだろう。時間は、世界の終焉に向けて速度を速めつつあるかもしれないし、逆に緩慢になっているかもしれない。どこかで時間が逆戻りを始めることも否定できない。

それでも、人は時間を測ることに執着する。

以前のガールフレンドからその腕時計を渡されたのは、二十七年前の成田《なりた》空港だった。ぼくが、ワシントンDCのNASA本部にシアトル経由で旅立つ間際の出来事だ。

宇宙飛行士になりたいと思いついたのは、いつごろだろう。大学受験の際には、すでにそう決めていた。宇宙飛行士は、パイロット、ミッション・スペシャリスト（搭乗科学技術者）、ペイロード・スペシャリスト（搭乗運用技術者）に分類される。ぼくが高校を卒業した当時は、まだスペースシャトルに乗った日本人は誰《だれ》もおらず、三人の科学者がNASAに派遣されたころだった。高校の生物や化学が苦手だったぼくは、ミッション・スペシャリストとして宇宙飛行士になる可能性に賭《か》けて、外国語大学を受験した。大学では、米国に行けなかったときのことも考えて、ロシア語を専攻した（高校卒業時には考えもしなかったが、日本人として最初の宇宙飛行士になったのは、ジャーナリストの秋山豊寛《あきやまとよひろ》氏で、ソ連のソユーズに搭乗した)。大学卒業後は迷わずNASDA(宇宙開発事業団。二〇〇三年、JAXA設立に伴い改組)に就職し、NASAに派遣されるためのプログラムを三年間こなして、やっと手にしたチャンスだった。

それでも、スペースシャトルに乗ることが確約されたわけではない。ミッション・スペシャリストとしてNASAで宇宙に行ける確率は、NASDAからそこに派遣されることに比較すれば、オリンピックの国内選考会で出場権を勝ち取るか、その先で金メダリストになるかと同じくらいの差がある。そして、それに比例して、身の回りから多くのものを削《そ》ぎ落とした。高校から付き合っていたガールフレンドも、中学から一度も捨てずに集めていたアナログレコードも、母国語での不自由ない生活も、もう思い出せない有形無形のものを捨てた。

ノースウェスト航空の夜間フライトの搭乗時刻まで一時間ほどしかなく、ぼくは、そろそろ出国しなくてはならなかった。見送りのために成田空港まで来てくれる由《ゆ》美子《みこ》との待ち合わせの時間を、ぼくたちは出国の間際にした。空港で長い時間を過ごせば、それまでの八年間に積もった様々なことが、雪崩《なだれ》のように落ちてくるかもしれない。ぼくは、チェックインを済ませてから彼女と落ち合った。

「これ、餞別《せんべつ》」

カフェのテーブルで、由美子は小箱から腕時計を出して言う。

「ありがとう」

ぼくは、彼女からそれを受け取り、しばらく迷ってから、はめていた腕時計と交換した。

「オメガのスピードマスターにしようかと思ったけれど……」

彼女が言った時計の当時の値段を正確に覚えていないが、二ヶ月分の月給より高かったことは確かだ。

「わたしを捨てていく直樹《なおき》のために、貯金を崩すのも馬鹿《ばか》らしいし……」

「そっか……」

「念願叶《かな》ってスペースシャトルに乗るときには、新しいのを支給されそうだから、やめた」

一九六五年、NASAがアポロ計画の際に採用したのが、オメガのスピードマスターだった。月面の温度は、太陽が当たる場所は摂氏《セシ》百十度以上、日陰になればマイナス百五十度以下になる。重力は地球の六分の一。クォーツ制御の時計は、水晶を振動させるための蓄電池がその温度差に耐えられない。NASAの内部では自国製品を採用すべきだとの意見もあったと聞くが、最後にはオメガの機械式時計だけが採用テストに合格した。アポロ計画が終焉し、スペースシャトルの時代になっても、船外活動時に認められた時計は変わらない。

「普段の生活で機械式は扱いが面倒かも……」

ぼくは、彼女に何を伝えればいいのか分からずに、心にもないことを口にした。

「八年間も一緒にいたんだから、一日に一回くらい、わたしのことを思い出しても、ばちは当たらないと思う。それがいやだったら、自動巻なんだから時計をはずさなければいいだけ」

ぼくは、左腕にはめた日本製の機械式時計を眺める。秒針が、音もなく滑らかに彼女との別れの時間が迫っていることを教えてくれた。

「直樹……」

「何？」

「ひとつだけ約束して」

ぼくは、それが彼女との最後の会話になることを予感した。

「内容による」

「うん。直樹は、この時計が動いているかぎり、自分の正義に忠実でいてほしい」

「ぼくの正義？」

「そう……、and justice for you」

由美子とは、それ以来、会うこともなかった。

二〇〇一年九月、東海岸の同時多発テロの際、東京の実家に安否を問う葉書が届いたが、そのときには、NASAでのプログラムを落第したあとだった。ぼくは、すでに帰国している旨の葉書に、「まだチャンスはあるかもしれないので、オメガのスピードマスターは買わないでいる」と空元気《からげんき》を書き添えた。

実際のところ、当時のぼくにとって、宇宙飛行士に再挑戦するのは難しい状況だった。帰国後にNASDAで配属された部署は事務方で、意外にも、そこでのお役所仕事も順調だった。費用の積算をして、それを主務省に説明し、民間企業とのタイアップを折衝《せっしょう》する。自分がそんなことをできるとは、八年間付き合った由美子でさえ想像しなかっただろう。事務仕事の順調さとともに、作らなくてはならない書類も増え、もう一度、スペースシャトルに乗るための体力を維持する時間を取れなくなっていた。

「ヒューストンに行ったりしないで、最初からこっちにいれば、もう主査になっていたのにな」

NASAに派遣される以前は、ほとんど参加しなかった酒席で、同僚からそんな言葉をかけられる。

「器用貧乏なだけだ」

自嘲《じちょう》なのか謙遜《けんそん》なのか曖昧《あいまい》な返事をする。自分が、アルコールに強い体質だと知ったのも、帰国してからのことだった。NASAのトレーニングセンターでも、ほぼ週末ごとにパーティが開かれる。けれども、ぼくは、プログラムについていくのがやっとで、ビールを二、三杯飲む程度で、その場をごまかしていた。

もっとも、宇宙飛行士になるためのプログラムに比べれば、事務仕事はそれほど難しくない。チームの協調性を確保しながら、予測できない状況に対して最適解を見つけ、かつ、自分自身が納得できる結果を導き出す。そんなことは、プログラムに入る前に適性チェックを受けるし、プログラム中も幾多のトレーニングが用意されている。視界も、音も、重力も、十分な酸素もある部屋で、同じことをするのなら、ぼくを残してスペースシャトルに乗った同僚からは、「クルーに、二日酔いのチンパンジでも混ざっていなきゃ、退屈だろう?」と笑われそうだ。

二十五歳のときに削ぎ落としたものは、少しずつかたちを変えて、ぼくの身体に貼りついてくる。何かで乳児の体脂肪率は概《おおむ》ね二十五パーセントだと読んだ。NASAに派遣されたとき、ぼくの体脂肪率は十二パーセントだったのが、五十二歳になったいまは、だいたい二十二パーセント前後だ。けれども、ぼくのもとに戻ってきた十パーセント程度のものは身体にぴったりとこびりついて、もう一度、削ぎ落とすことは難しいかもしれない。

っていく。

そんな生活の中でも、由美子から贈られた機械式時計だけが、精確に時の中を滑っていく。

一万円以下の時計も、そろそろ歳《とし》相応のものに変えようと、NASAから帰国した際、結婚した際、昇格した際と、節目を見つけてはデパートの時計売り場に行くのだが、結局、新しいものを買う気にならない。代わりに、その機械式時計をオーバーホールに出すだけだ。深川《ふかがわ》にある時計屋の老店主は、ぼくが腕時計を持ち込むたびに同じことを言う。

「どこで手に入れたんだか知らないが、このファイヴは当たりだな」

「そうですか……」

その腕時計が、二十七年前に日本ではもう発売されていなかったことも、彼から教えられた。

時計屋なのに時間の流れが止まったような店内を眺めながら、老店主の相手をする。ぼくがNASAから戻ったころにはいなかった見習い職人が増えた以外、これといった変化を見つけられない。壁に掛けられた振り子時計は、初めてこの店を訪れたときと同じように、塵《ちり》ひとつかぶらずに時を刻んでいるし、店主とぼくの間にあるショウケースの中も、同じような腕時計や懐中時計が並んでいる。売り物ではなく博物館の展示品のようだ。そして、この店主はいつ歳を取るのだろう。この店を見つけてから二十年が経《た》とうとしているのに、いつまでも老店主のままだ。いつか、ぼくのほうが彼より年老いてしまうのではないかと心配になる。

「もともと機械式は当たり外れがあるんだが、このファイヴは、万にひとつの当たりだ」

そんなものかな、と思う。ぼくの感覚では、製品の当たり外れは出荷時にチェックアウトしないのが常識だ。ロケットの部品採用テストで百個の製品を持ち込ませて、数個の性能が抜群に良くても、そのベンダーの部品は採用しない。精度にばらつきがあるよりは、百個が同等の精度を保ったベンダーと取引をする。

「普通、機械式の誤差は日差五秒程度のものだが、これは一週間預かって、一秒以上の誤差がある日は多くても二日だ」

その老店主の言葉が、時計を買い替えられない理由のひとつだ。

「いまは、電波式時計のほうが精確じゃないですか?」

「電波式時計を月に持っていけるか?」

ぼくは何も言わずに笑う。彼はぼくの勤め先を知らないはずだ。

「振り子の原理を発見したのは、ガリレオ・ガリレイだ。知っているか?」

首を横に振ってみせる。その話を聞くのは何度目だろう。きっと、ぼくは彼の話を聞くのが好きなのだ。老店主によれば、ガリレオ・ガリレイの最大の発見は、振り子の原理なのだという。ガリレオ・ガリレイは、一六三八年に『新科学対話』の中で振り子の原理を記し、時計への応用も試行したが、それに失敗している。

「その原理に基づいて、オランダのクリスチャン・ホイヘンスが、十七世紀に振り子時計を作る。以来、ゼンマイ式も、クォーツも、セシウム原子時計も、たいした進化はしていない。質量に関係なく一定の周期で動くものを見つけて、それに一秒という時間を割り当てているだけだ」

いつのころからか、その話が始まると、見習いの職人がコーヒーを持ってきてくれる。彼は、「親方の話に付き合ってくれて、ありがとうございます」というような柔らかい表情でコーヒーカップを差し出す。

「それまでも、人々は神から時計を授かるのに必死だった。日時計に始まって、水時計、ろうそくの目盛りを使った時計、脱進機を発明した後は重力を使った時計を作り、何とか一定の時間を規則正しく測れる時計を手に入れようとした」

老店主は、そこで壁の柱時計を眺める。振り子が規則正しく揺れて、脱進機に取り付けられた重りはわずかずつ、けれども一定の速度で重力に引っ張られていく。

「ガリレオ・ガリレイは、真偽はともかく、振り子の原理を教会のミサで発見している。ミサの最中に、頭《こうべ》を垂れていなかった彼は、修道僧が天井に吊《つ》るされたランプに火を点けていくのを眺めて、ランプの揺れが振幅の大小にかかわらず、一定の周期で揺れていることを、自分の手首で脈を測りながら確認した」

ぼくは、柱時計の振り子を眺めながら彼の話を聞く。

「けれども、あの振り子のように、時間は本当に一定の速度で進んでいると思いますか。楽しい時間は早く過ぎるし、眠れない夜は、いつまで経っても終わらない」

それを、ぼくは身を以《もっ》て経験している。NASAのトレーニングセンターで受けた感覚遮断実験だ。刑務所の独居房よりも、何もない空間だった。時計もなく、音もなく、ずっと同じ明度の光しかない。メモや筆記具を持ち込むことも許されなかった。ぼくは、時間感覚を取り戻そうと、手首で脈を測りながら数を数えたり、ザ・ビートルズの〝Across the Universe〟を口遊《くちずさ》んだりした。それでも実験室では、やがて時間の感覚がなくなり、丸みを帯びた壁と天井の角が遠のいたり近づいたりする。ときどき、自分がどうしてそこにいるのかも思い出せなくなった。そして、生と死の境界さえ覚束《おぼつか》なくなる。

ぼくは、そこで七十五時間を過ごした。否、堪《た》えた。同期のトレーニィで、一番長くそこにいられた者でも八十時間と少々、一番短かったのは三十七時間で、意外にも平衡感覚の実験では最も優秀で、スタンフォード大学で物理学の修士号を持っている女性だった。彼女がその実験室から出てきたとき両手の爪《つめ》は嚙《か》んだ痕《あと》でぼろぼろだったのを、いまでも鮮明に覚えている。

七十五時間の実験のあと、ギヴアップを告げて、ぼくが最初に見たかったのは、自動巻器につけてロッカーに入れた、その腕時計だった。

「七十五時間は、いい結果だな」

実験室の外にいた試験官の言葉は、耳を通り抜けていった。

(たったの三日間?)

十日間は我慢できたと信じていた。けれども、ロッカーの暗証番号を押して、腕時計を見ると、三日と三時間しか進んでいなかった。ぼくが、時間の速度の一定性や連続性に疑問を持ち始めたのは、たぶん、そのときからだ。

ぼくがそんなことを思い出している間も、老店主は、話を続けている。できの悪い学生を、たいして相手にせず講義を進める教官に似ている。

「そうかもしれん。実際、江戸時代の和時計は、昼と夜では、時間の尺度が違っていた。冬の昼間は時を刻むのが速く、夏の昼間は時を刻むのが遅かった。けれども、人々は、時間が一定であることを知ってしまっている。いや、信じている。だからこそ、早く時間が過ぎたときや、退屈なときは時計を見て、時間が一定に進んでいることを確かめる」

「どんな原子時計でも、重力や磁場の影響で、精度は狂います」

「だから？」

「だから、時間は一定には進んでいないかもしれません」

ぼくは精一杯の反論を試みる。

「ある空間において、原子のスペクトル線の周波数は一定だ」

精確な一秒を刻むための実験は、宇宙ステーションで繰り返し行われている。その実験結果のレポートに出てくるような単語を、時計屋の老店主が、どうして必要とするのだろう。

「ここに流れている一秒と、月の裏側で作られた一秒が、仮に違っていたとしても、それは、一定の差で遅れ続けるか、進み続けるかの違いじゃないのか」

「そうかもしれません」

「そして、どんな時計も、進む方向を変えることはない」

彼は、講義を終わらせる教官のように、確信に満ちた口調で言い、命題を提示する。

「ところで、世界に時間を進める振り子は、いくつあると思う？」

「さぁ……」

ぼくは、毎度「無数」と答えてしまいたくなるけれど、それが彼の求める解ではないだろう。だいたい、「無数」なんていう数は存在しない。

時計屋から自宅までは、木場《きば》公園を挟んで四キロもないので、いつも歩いて帰る。そして、老店主の出した命題を反芻《はんすう》する。

時間を進める振り子は、少なくとも、この腕時計の中にひとつは存在する。

管轄省からの転籍者を除いた幹部職員が、倫理委員会に招集されたのは二月の朝だった。会議案内のメールは、出席者が分からないように宛先《あてさき》が隠されており、件名も『R社からの協賛金収納の可否について』となっていた。

ぼくは、部下に緊急理事会だと伝えて、別棟の会議室に向かう。

「R Is For Rocketか……」

冬の澄んだ空を見上げながらつぶやいてみる。その空の先にある宇宙に行くことを許される生物は人間に限らない。運搬対象が人間なら、広報室長からの通常招集だろう。そうではなく、理事長自らが招集メールを送ってきたということは、ラットやメダカではなく、動物愛護団体からクレームがつきそうな中型の動物だと想像できる。

この手の会議は、ISS（国際宇宙ステーション）に荷物を運ぶ機会があると、たびたび行われる。そして、たいていは「可」の判定を下す。この事業団で（正確には過去の三つの組織で）仕事を続けてきた者にとっては、運搬対象がイヌでもチンパンジでも、ラットと同じひとつの生命であることに変わりない。彼らは、比較的知能が高く、人間によく懐《なつ》くというだけで、生命の重さに多寡《たか》を感じない。その意味で、ぼくは、プロパー職員だけの倫理委員会が嫌いではなかった。他の会議に比べれば、無駄な時間が少なく、議論相手の考えを理解できずに苛立《いらだ》つこともない。

「会議内容は他言無用。会議中のメモは禁ずる」

十三名の委員が集まった会議室のドアが閉められると、お決まりの文句が伝えられる。

「本年五月に計画のきぼうへの運搬船で……」

いつもは淡々と続く説明の最中に、ざわつきがひろがる。

「被験体は、人間、五十三歳。個体数、一。がん治療中であり余命一年。婚姻関係を含めて、二親等以内の家族はなし」

こんな実験計画が、理事であるぼくにも伝わらずに、よくも倫理委員会の俎上《そじょう》まで来たものだと感心する。しかも、運搬船の発射までは三ヶ月しか残っていない。

会議卓を囲む面々を見ると、動揺していないのはＩＳＡＳ（宇宙科学研究所。旧文部省の機関）関係者が多い。ということは、文科省も内々には知っていると言うことだ。もっとも、万が一、事が公になれば、知らん顔をされるのはこちらも承知している。

「実験主幹は、国立がん研究センター。主目的は、微弱重力空間でのがん細胞転移の調査。実験期間は九十三日。なお、本件は、委員の公正な判断を求めるため、被験者の氏名、性別、実験主幹の研究者名、その他、個人を特定でき得る情報は公開しない」

ぼくは、会議室に響く声を聞きながら、成田空港で別れた由美子を思い出していた。

余命一年の被験体に、大気圏外を往復する負荷がかかれば、その一年は縮められてしまうだろうし、帰還できないことも考えられる（地上にいれば余命一年が保証されているわけでもないだろうが……）。理事長と十二名の委員は、そのことも承知で議論を始めることだろう。しばらく左手の時計を眺めて、その手を挙げた。

「発言を求めます」

ぼくは理事長の説明をさえぎった。

「まだ、説明の途中だ」

「承知です。けれども、説明が終わる前に、決めておきたいことがあります」

「まぁ、いいだろう」

彼の了解を得て、ぼくは立ち上がった。

「本委員会の採決は、多数決ではなく、全会一致としたい」

「それは、田村《たむら》理事が反対ってことですか？」

下座から声が聞こえたが、相手にしなかった。理事長がその声の主をたしなめる。

「発言は許可を得てからだ。それより、田村君は日本語の使い方を間違っている」

「何がですか？」

「この委員会には、少なくともひとり、この議案を諮《はか》った者がいるのだから、全会一致の結論は『実施』しかない。あるいは時間切れだ」

会議室にうなずく雰囲気がひろがる。宇宙飛行士にとって「時間切れ」は最も屈辱的な結果だ。

「正しくは、限られた委員がベトー（拒否権）を有したいということだろう？」

ぼくは、「そのとおりでした」と理事長に一礼して、腰を下ろした。しばらく、会議室に沈黙が流れる。理事長が落ち着いた口調で言う。

「複数のクルーがベトーを有していれば、その船は流れに任せるだけで、どこにもたどり着けないというのが、私の持論だ。ベトーを持つとすれば、私ひとりだ」

そのとおりだと思う。理事長を除く十二名の委員の意見が半数ずつに分かれたときのために、理事長がキャスティングボートを預かっている。ぼくは、再び、左手の時計に視線を落とす。

—— and justice for you
二十七年間、ぼくは、ほとんど、その言葉を思い出さなかった。否、思い出す必要がなかった。由美子に言われるまでもなく、そうしてきたからだ。

腕時計とともに贈られた言葉は、ボストンで小学校までを過ごした彼女が、星条旗に向かって何度も繰り返し言わされた『忠誠の誓い』に由来するのだろう。彼女は、その教育勅語《ちょくご》のような誓いをさせられる時間が苦痛だったと言っていた。その最後の文句が〝with liberty and justice for all〟だと知ったのは、NASAでトレーニングを始めてからだ。彼女は、星条旗と神の下《もと》の正義ではなく、ぼく自身だけの正義に忠実であるようにと戒《いまし》めた。

会議室のざわめきを収めるように、執行役のひとりが挙手して発言を許可される。

「田村理事のベトーを有したいという意見には反対ですが、可否を議論する前に、採決方法を決めておくことには賛成です。一旦《いったん》、議論の時間を設けませんか？」

「いいだろう。ここまでの説明で、我々が、何を為《な》そうとしているのか、あるいは、何を犯そうとしているのかは、概ね理解したはずだ。実験内容の詳細は各自のモニタで閲覧できるようにするので、採決方法の議論を設けよう。ただし、会議の終了時刻五分前に結論が出ていなければ、通常の採決とする」

残り時間は四十四分。この会議室にいる委員であれば、十分な時間だろう。管轄省からの転籍組を排除したおかげで、ここにいる者は、限られた時間で結論を出すためのトレーニングを何らか受けているか、そのプロセスを研究している。それは、宇宙飛行士を目指す者に限らず、この組織で常に要求されていることだ。

採決方法の議論は十五分もかからずに終わり、「例外を設けない」という方針のもと、委員および理事長の過半数を以て決議となった。ただし、その場での採決はとらず、審議を再開するまでに、各委員に二十四時間の猶予《ゆうよ》が与えられた。ぼくは、NASDAの教官だった委員に誘われて、会議室と同じフロアの喫煙室に行く。

「田村が、あんなことを言うとはな」

彼はほとんど煙草を吸わないので、ぼくから受け取った煙草に火を点けて言う。組織内の職階は逆転してしまったが、いまでも彼に頭が上がらない。

「田村は反対か？」

「まだ決めていません」

彼は、何かをためらっていそうな顔をしていた。

「何か言いたいことがあるなら、どうぞ」

「そうだな……。二十年前は、まだ人間も実験対象だった。田村に、その自覚がなかったわけではないだろう？」

彼は、ぼくから視線を逸《そ》らして、窓の外を眺めながら言う。たしかに、ぼく自身を前にしては言いにくいことだと思う。

NASAは、試験機であるエンタープライズを含めて六機のスペースシャトルを製造した。その船名は、コロンビアを除けば、前向きな表現に変えられてはいるものの、それが実験段階であることは容易に想像できる。生還が確約された計画ではなかった。五機のスペースシャトルのうちふたつを、クルーとともに事故で失っている。そのひとつ、コロンビア号は、二十八回目の飛行でケネディ宇宙センターに還《かえ》ってこなかった。

「被験体であるからこそ、宇宙飛行士には膨大な費用をかけます。問題はそこです」

「それは、今回だって同じだろう。予算を握っている田村さえ知らなかったなら、それだけ大きなスポンサーが、組織の外にいたってことだ」

「そうだとしても、宇宙飛行士を育成する費用には及びません。それに、グランド・オペレータは、そのコンテナの中に人がいることを知らないかもしれません」

「まぁ、そうだな……。でも、それを聞いて安心した」

「どうしてですか？」

「NASAから戻ったころの田村だったら、それなら自分の身体にがん細胞を移植して、自分で行くと言い出していたかもしれない」

彼は、そう笑って、喫煙室を出ていく。

医学者や製薬会社の考えも理解できる。彼らは、不道徳なわけでも、倫理観に欠陥があるわけでもない。「何百のラットを犠牲にした実験結果では、どうして満足できないのか？」と彼らに問えば、「人間に適用してみなくては分からないことが、あるかもしれない」と答えるだろう。ないかもしれない。けれども、彼らは「ない」を証明する手立てを持ち合わせていないのだ。

ぼく自身も、「スペースシャトルの記録映像はいくらでもあるし、無重力空間のシミュレータもあるのだから、どうして、君が危険を冒《おか》す必要があるのか？」と問われれば、「そこに行かなければ分からないことがあるかもしれない」としか答えられない。実際、旧ソビエト連邦のルナ計画が成功するまで、人間は月の裏側を知らなかった。

神から振り子の原理を授かったガリレオ・ガリレイは、『星界の報告』で地球から見える側の月の美しいスケッチを残している。けれども、その裏側には、「モスクワの海」以外の大きな「海」はなく、のっぺりとした衛星であることを知らなかっただろう。どうして、地球から見える側にだけ「海」と呼ばれる光の反射が小さい地表があるのかは、まだ仮説が入り乱れている。それでも、そこに行かなければ、仮説さえ立てられないのだ。

それが公開実験であれば、ぼくも間違いなく賛成票を投じる。けれども、世間やマスメディアが、人体実験を許さないことも容易に想像できる。

「予算と納期は死守だなんて、気軽に言うくせに……」

英語にも〝Dead Line〟という言葉があるが、日本語でそれを聞くと、ぼくは暗《あん》澹《たん》たる気分にさせられる。宇宙に行きたければ、それにかかわるすべてのスタッフの安全を保障しなければ、正確な判断能力を失い、ひいてはクルーを失う事故の原因になってしまう。この組織の中で、一番聞きたくない言葉だった。ぼくは、誰に宛てるでもない文句を灰皿に聞かせて、自席に戻る。

翌日、再招集された倫理委員会では、いくつかの疑義はあったものの、賛成多数で実験の実施が決まった。

倫理委員会から二ヶ月間、ぼくの仕事は普段と変わらなかった。実験の準備は、所掌の執行役の下で静かに行われ、ぼくに影響があったことと言えば、航空機の部品製造企業が百五十キログラムのペイロードをキャンセルした対応だけだった。それに伴う多額の違約金は、契約とおりに速やかに支払われ、空いたペイロードは、キャンセル待ちだったジョイントベンチャーに割り当てられた。

変わったのは、ぼくの私生活だった。

倫理委員会で賛成多数を予想しながら反対票を投じたとき、ぼくは、不眠症が悪化しそうだと思った。若い医師が言う「不本意な仕事」をしているつもりはなかったが、今回ばかりは、そうなってしまいそうな予感がした。捨て票を投じても、自分の正義を貫けたわけではない。結局、組織の決定に呑《の》み込まれた挫折《ざせつ》感が残った。けれども予想に反して、この二ヶ月間、夜中に目を覚ました記憶がない。

代わりに、無重力の夢を見る。

「最近、夜中に起きていないような気がするんだけれど、本当にそうかな?」

ぼくは、朝食のテーブルで桃子に聞く。

「そうかも。あなたが起きた物音を聞かない」

その夜の夢は、宇宙ステーションの中で、MRI(核磁気共鳴画像法)のようなリング状の機器の中を通るものだった。自分で、検査台に身体を固定するバンドを用意して、ヘッドセットで地球にいるスタッフに、準備ができた旨を告げる。

「了解しました。通常とおり、ヘッドセットをはずして、アイマスクをつけてください。三分後に検査を始めます」

ぼくは、ヘッドセットをはずして、バンドの留め具の先についた紐《ひも》を咥《くわ》え、アイマスクをする。最後に、首をねじって、バンドを締め上げる。

無重力の宇宙ステーションでは、リング状の機器が動いたのか、検査台が動いたのか、判断がつかない。アイマスクにさえぎられた視界の中で、検査機器の形状を思い出そうとするけれども、それができない。遠くから、まるで地球のどこかの森の中から、大きな樹《き》に楔《くさび》を打ち込むような音が一定間隔で聞こえる。検査にかかる時間は、どれくらいなのだろう。どこか違う時空を旅しているような感覚だった。

「終了しました。固定バンドを解除します」

スピーカーからスタッフの声が聞こえた。身体を押さえていたバンドの留め具とは逆側の端が「ぱちん」という音とともにはずれる。ぼくは、検査台の上に浮いた身体がMRIにぶつからないようにすり抜けて、室内を浮遊していたヘッドセットを装着する。

「病状はどうですか？」

「転移はないようです」

「だったら、今度、船外活動に参加できますか？」

その自分のひと言で、夢を見ているのだと気づく。夢の中のぼくは、そんな交換条件を出して被験体になったのだろうか。船外活動は、ミッション・スペシャリストの資格がなければ許されない。

「検討中です。それよりも、田村さん、また腕時計をはずすのを忘れています。磁気が反射するので、検査中は腕時計をはずしてください」

習慣的なものだ。腕時計は、インシデントが発生してひとりになってしまえば、自分が元にいた場所と同じ時間にいることを確認できる数少ない機械だ。ぼくは、スピーカーの声を聞き流して、検査台から離れて浮遊しながら腕時計を眺める。

（だいたい本物のＭＲＩなら、腕時計をはめたまま検査はできない。いったい、彼らは何を調べようとしているのだろう？）

夢は、そこで終わりだった。

「ぼんやりして、どうしたの？　時報を聞かないの？」

妻が、朝食を食卓に運びながら言う。

「ん？　ああ……」

時報よりも、腕時計のほうが遅れている。

（五秒も遅れるのはめずらしいな）

そのときぼくは、理事長が倫理委員会に諮らなかった議案に気づいた。

ぼくは、理事長の空いていそうな時間を見計らって、彼の部屋を訪ねた。

「確認したいことがあります。三十分ほど、お時間をいただけますか？」

「構わない。ちょうど、コーヒーを飲みたかったところだ」

彼は、穏やかな表情で応《こた》えて、理事長室に備え付けのコーヒーメーカーに向かう。

テーブルに置かれたふたつのマグカップは、種子島《たねがしま》の土産物《みやげ》コーナーのものだった。

「先日の倫理委員会の被験体の件ですが、ペイロードが軽すぎます。百五十キロでは一般的なCTやMRIは搭載できない。積めるとすれば、ごく小型の……たとえば脳をスキャンするMRI程度です。そうだとすれば、被験体は……」

ぼくは、インターネットで調べた小型化された各種検査機器のサイトを印刷したものを並べて説明したが、説明の途中で理事長にさえぎられた。

「君にしては気づくのが遅かったな」

そう言われてしまうと、返す言葉がない。

「私は、今回の被験者は胃がんだと報告を受けている。仮に、君や私が想像するとおり、報告書に偽《いつわ》りがあり、脳の悪性腫瘍《しゅよう》だったとしよう。けれども、それで言語障害や判断能力が鈍《にぶ》っているとは決めつけられない。体幹をスキャンできる軽量のMRIが開発されているのかもしれないし、検査機器は他国のペイロードに積まれていることも考えられる」

理事長が言うことも間違ってはいない。ぼくは、しばらく腕時計を見つめた。

「私だけでも被験体に会って、被験体の判断能力が正常であることを確認できませんか？」

「私も、倫理委員会を開催する前に、同じことを申し入れようとした。しかし、私に確認する機会が与えられても、今度は、その被験者とは別の患者を見せられたのではないかと疑い始めるだろうな」

彼は、コーヒーをひと口飲んで、ソファに身体を預けて言葉を続ける。

「それは君でも同じだろう。私はロケット開発の現場上がりだから、当時の先輩から『耳ではなく目で確認しろ』とたたき込まれた。けれども、ロケットを飛ばすには、どこかで他人の目を信頼するしかない」

ぼくは黙っていた。

「いまさら、倫理委員会の決定をくつがえすこともないし、私自身、余命一年と宣告されたら、たとえそれが人体実験であろうと、一度は大気圏外に出たいと思うかもしれない。我々の犯したミスは、君が言いたかったように、人命にかかわる正義を多数決で決めたことかもしれない」

理事長にしてはめずらしい発言だ。彼が決まったことに迷いを見せたのは、初めてかもしれない。彼は、そんな姿を見せないことを組織の長として自分に課してきたのだろう。出身母体が違うこともあり個人的な付き合いは少なかったが、彼はなんだか歳をとったなと思う。

ぼくは、コーヒーを飲んで、席を立った。

「お時間をいただいて、ありがとうございます」

「礼を言うのは、私だ。ありがとう」

無重力の夢を見る。

日課の検査が終わると、ぼくにはすることがない。

これだけの資金を投じた実験であれば、被験体がひとつということは考えにくい。同じ臓器に、同程度に進行したがん細胞があり、年齢もほぼ同じ患者が、地上のどこかに隔離されているはずだ。そうでなくては、医師や製薬会社の想定した結果が、微弱重力空間に固有のものなのか、ISSにおける宇宙放射線の影響を受けたものなのかを比較できない。だから、対《つい》になっている患者は、悪性腫瘍の切除を保留されて、好きなものも食べられず、味気ない宇宙食を食べさせられながら、ISSと同程度の放射線を不要に被ばくしているのだろう。

地上が週末のときは、桃子とパソコンの画面を通して、とりとめのない会話をすることもあるが、たいてい、小さな窓から地球を眺めて、寝るまでの時間を過ごす。窓枠の手すりを摑《つか》んで、寝そべっているのか立っているのか分からない姿勢で、約九十分でひと周りする地球を眺める。耳の奥に、検査機を通ったときの楔を幹に打ち込むような音が残っていた。「こーん、こーん」と一定間隔で聞こえていたはずなのに、腕時計を見ると、やがて一分よりも長い間隔に変わっている。そして、窓から見える地上と同じ時間が流れているのだろうか、と不安になる。

ぼくは、二十年前にNASAで受けた感覚遮断実験を思い出す。それに比べれば、宇宙ステーションの限られた空間は、格段に人間的だ。あの実験室から解放されたとき、そこに同じ時間が流れていたとは、しばらく信じられなかった。いまは、それが視覚的な違和感として得られる。地上に戻れば、やがて、ぼくか桃子の誕生日がきて、ぼくたちはそれを祝う。そのとき、ぼくと彼女は、本当に同じだけの歳をとっているのだろうか。

ぼくだけが多く歳をとってしまったかもしれないという疑問を、誰が打ち消してくれるのだろう。

桃子とは同い歳なので、平均余命の性差から、彼女を残して先に死ぬ確率が高い。けれども、彼女がひとりで過ごす時間をできるだけ短くしたいと思う（桃子がぼくと同じように考えてくれていれば、という前提付きだが……）。

せめて、ぼくは桃子と同じ時間の中を過ごしたい。

思考の循環が始まり、言いようのない焦燥感に襲われると、夢が終わった。

「最近、朝のニュースのたびに、しかめっ面をしているけれど、何かあるの？」

土曜日の朝、桃子から言われる。

「ああ……。ニュースのせいじゃない。最近、時計が遅れるんだ」

その朝は、ラジオの時報よりも腕時計のほうが七秒遅れていた。

「理事になったお祝いをしていないから、新しいのにする？」

週末だけ、桃子はゆっくりと台湾茶を淹《い》れる。

「退職祝いかなと思っていたんだけれど……」

「もう理事になったんだから、宇宙に行くチャンスは、かなり少ないと思う」

桃子の言葉に、ぼくは苦笑する。残酷ではあるが、彼女は正しい。以前、旧型の人工衛星を修理するために、古希《こき》に近いクリント・イーストウッドが宇宙に行く映画を観《み》たが、それはおとぎ話だ。現実の世界にいるぼくは、次かその次の理事改選で、適当な外郭《がいかく》団体に転籍するのだろう。運がよければ、どこかの天文台でのんびり星を眺めて暮らせる。

「まぁ、もう一度くらい、深川の時計屋に出してみるよ。よかったら、今日、散歩がてらに行こう」

朝食の後片付けと洗濯を済ませてから、ぼくたちは、木場公園を散歩して、馴染《なじ》みの時計屋に出掛けた。

一週間後、時計を受け取りに行くと、老店主が自慢顔で言う。

「相変わらず、このファイヴはいい」

彼の表情には、自分の手で定期的にオーバーホールをしているからだという自負が漂っている。

「少し、遅れるようになっていませんでしたか？」

「いいや、そこらのクォーツよりずっと精確だ。一週間預かって、昨日の朝、やっと一秒ずれた。ということはだ……、日差コンマ二秒もないということだ」

「こないだ、一日で七秒遅れました」

彼を見ていると、事実を伝えるのが申し訳なく感じた。けれども、気遣《きづか》いは無用だったようだ。

「そりゃ、おたくの時計のほうが狂っている」

ぼくは、そういう考え方もあるなと思って笑った。だからと言って、NHKに電話をかけて「時報がずれていませんか？」と言っても、取り合ってはもらえないだろう。

「そうじゃなきゃ、あんたが寝ている間、別の場所に行っているんだ」

冗談なのかと思ったが、彼は真顔だった。

「寝ていると思っている間に、どこかを旅する。旅に出たときと同じ時間に戻ってくるが、旅をしていた間も、このファイヴは愚直に時間を刻んでいる。それだけのことだ」

「おとぎ話じゃあるまいし……」

「人は感覚を信じても、時計はごまかせない。それくらい、このファイヴはできがいい」

片目にルーペをはめて何十年も細かい作業をしていると、時計屋は夢想家になるのかもしれない。ぼくは、彼の左目の周りの皺《しわ》を見ながら思う。

その日は、老店主が、見習いの職人にコーヒーを持ってくるように声をかけた。

「そろそろ、宿題も時間切れだ」

二客のコーヒーカップがショウケースの上に置かれると、彼は待ち構えたように言う。

「宿題？」

「世界に時間を進める振り子は、いくつある？」

その命題を解くのは、ぼくの宿題だったのかと思う。

「時計の数だけ」

「そんな簡単な答えのために、十数年もの時間をやると思うか？」

「案外と、世界は単純です」

ぼくは笑った。

「世界は、あんたが考えるより、もっと単純かもしれん。だいたい、時計の数だけ振り子があったら、時間を計るための日時計やろうそくにさえ、振り子が必要になるだろう。答えは、しとつだ」

「ひとつ？」

反論を試みるが、適当な言葉が見つからない。

「そう、世界の時間を司《つかさど》る振り子だけだ」

「どこにあるんですか？」

「それは分からない。でも、世界中の時計は、その振り子に支配されている。時刻が遅れたり、進んだりするのは、歯車に誤差があるか、回転軸の潤滑油が劣化しているかの違いだけだ」

ぼくは、コーヒーを飲みながら、反論を諦《あきら》めた。それが正解かもしれない。国立科学博物館のフーコーの振り子を思い出す。もう四、五年前になるのだろうか、博物館の展示の打ち合わせが終わったあと、フーコーの振り子を吊り下げた吹き抜けの階段を降りていくと、ひと組のカップルが結婚のプロポーズをしていた。ぼくは、彼らの邪魔にならぬように足を止めた。彼らが微笑《ほほえ》ましくて、振り子を眺めるふりをしながらプロポーズの行方を見守った。

在野の科学者であったレオン・フーコーは、一八五一年、パリの霊廟《れいびょう》で地球の自転を証明するために、振り子の実験を行った。その際、「こんな簡単な実験は、誰かが実施済みだ」と、職業科学者たちから評されたという。この老店主も、いつか「そんな簡単なことは、みんなが気づいていたはずだ」と言われるかもしれない。

そして、あのとき、フーコーの振り子の前で結婚を決めたカップルは、いまも相手への気持ちを変えずに同じ時間を過ごしていてほしい。

けれども、反論を始めたのは彼のほうだった。

「ずっとそう信じてきた。だが、このファイヴを手にすると、間違いかもしれないと思うことがある」

「この腕時計が遅れたから？」

「そんなことは実験済みだ」

いったい、彼は何の実験をしたというのだ。

「あんたには悪いが、以前、この腕時計を預かったとき、スピーカーの上に二日間置いたことがある。もちろん、そのあとには消磁した」

消磁したとしても、ひどい話だと思う。腕時計をはずすことは滅多にないが、どこかに置くときには、できるだけ磁気の影響がない場所を選んでいる。洗濯機の上や携帯電話のそばには置かない。ただ、なぜか、彼に文句を言う気持ちにならない。

「申し訳ないとは思ったんだが、この時計が信じられなかったんだ」

「この時計の何を信じられなかったんですか？」

「精確過ぎる」

「さっき、日差コンマ二秒だと……」

「そういうときもあるんだ。あんたは、毎日、時計を時報に合わせていると言っていたが、気づいていないのか?」

「何をですか?」

「目に見える誤差が出て、それを修正する。たとえば、一秒の遅れを修正したとしよう。次はどうなっている?」

「分かりません」

「この腕時計はな、遅れを直したあとは、必ず進むんだよ」

彼の言葉の意味を、うまく呑み込めない。

「時計に必要なのは、自律性と同調性だ。自律性は、できるだけ精確な一秒を刻もうとする機能だ。けれども、放っておけば、たいていの時計は遅れたり進んだりする。機械だからな。対して、同調性はそれを修正する機能だ。腕時計には必ず龍頭《りゅうず》がついていると考えればいい。電波式時計は、龍頭の代わりにラジオ機能がついているだけだ」

「ええ、それは分かります」

「ところが、この時計の龍頭は用をなさない飾り物だ。遅れることもある。進むこともある。でも、何日か放っておくと、自然に精確な時間に戻っている。つまりだ……」

　彼は、そこでコーヒーをひと口飲む。

「つまり、あんたも俺も時刻を合わせているようで、実のところ、この時計にとっては、時間を狂わされているのかもしれん。この時計は完全に自律している」

「それなら、スピーカーの上に二日間置いて、その後、磁気の影響のないところに置いたら、自然に元の時刻に戻ったということですか？」

「俺も、そうなると予測していた」

「どうなったんですか？」

　彼は、しばらく黙っていた。

「スピーカーの磁気の影響をまったく受けなかった」

　そう言った彼の表情は、まだそれを信じられないと言いたげだった。

「もしかすると、この腕時計は、別の世界の振り子に支配されているのかもしれない」

「別の世界？」

「そんなものはないと思うがな……」

「ない」を証明することはできないと、ぼくは声にしないで応える。

　時計を受け取った帰り道、陽《ひ》が傾いた木場公園をのんびりと歩いた。そして、現代美術館の喫煙所で煙草を吸う。夕方の喫煙所に人影はなかったので、ぼくは小さな声で〝Across the Universe〟を口遊む。感覚遮断の実験室でも思い出したザ・ビートルズのその曲を、NASAは、二〇〇八年二月四日(日本時間二月五日)、設立五十周年を記念して北極星ポラリスに向けて発信している。そのメッセージが、誰かに届いたかどうかは分からない。

そのメッセージのように、誰もこの腕時計の世界を変えることはできないのだろうか。

けれども、五秒遅れたあと、時報に合わせた次の修正は七秒の遅れだった。

五月に、ぼくはカザフスタンへの出張を命じられた。ISSへの荷物運搬の日本側の責任者という立場だった。「なぜ、反対票を投じた自分が?」とも思ったが、三、四年以内にはJAXAの理事を退任する可能性を考えると、有人船の発射に基地内で立ち会えるのは最後の機会かもしれなかった。NASAに派遣されていたころの友人も、数人来ていた。彼らも、すでに宇宙に行く可能性はゼロに近く、組織の中でそれなりの立場にいる。「ナオは、ビジネススーツが似合うようになった」とか、腹をたたいて「ここだけは、重力に勝てない」とかと、冗談を言い合った。

運搬船発射の前夜、入室者が厳重に管理されたオペレーションルームで、ぼくは、コンテナの中をカメラ越しに確認する。検査機器に限らず、宇宙に運ぶものは、技術の粋《すい》を尽くして小さく折り畳む。コンテナに積まれた荷物を見ても、それが夢の中で見たMRIなのかどうかは分からなかった。

「被験体は？」

ぼくは、そこにいたJAXAの職員に訊《き》く。

「宇宙ステーション到着までは、操舵室《そうだしつ》にいてもらいます」

「搭乗者の数が、公式発表と辻褄《つじつま》が合わなくならないのか？」

「なので、発射の三時間前に、ロシア連邦宇宙局のチェック・スタッフに紛《まぎ》れて乗り込んでもらいます。彼女のスペーススーツは搭載済みです」

「そうか……」

ぼくにできることは何もなかったので、カメラ越しにコンテナの中をしばらく眺めてから、基地内の宿泊施設に戻った。明日は、各国のボードスタッフとともに過ごさなくてはならない。最後まで、被験体がどんな人なのかを知ることはできなかったな、と思う。反面、ぼくは、被験体にそれほどの興味もなかった。会ったところで、かける言葉も持ち合わせていない。

その夜の夢は、重力のある夢だった。


ぼくは友人に囲まれている。二〇〇三年一月、ミッションコードSTS－107

のためにコロンビア号に乗り込んだ宇宙飛行士もいた。ぼくが、NASAでスペースシャトルに乗ることを許されれば、一緒に宇宙へ行っていたはずの友人だ。

「コングラチュレーションズ」

「やっと、ナオもぼくたちのところに来るな」

JAXAのスペーススーツを着たぼくは、友人たちに腕をたたかれ、口々に祝福の言葉を受ける。

「何の話だ？」

ぼくの言葉に、理事長が、友人たちをかき分けて寄ってくる。

「今回の被験者は君だ。いままで話せなかったが、去年の定期検診で大腸に腫瘍が見つかっている」

「私が、がんに？」

彼は申し訳なさそうにうなずいた。

「妻は知っているんですか？」

ぼくは、桃子の姿を探すが、見当たらない。

「奥さんは筑波《つくば》のセンターにいる。ステーションに着いたら、交信が可能だし、実験コンテナには、専用回線も用意している」

「知りませんでした」

がんであることを告知されて動揺しているのか、事の次第を聞いて喜んでいるのか、自分でも判別できない。

「この実験は、五年前から準備だけをして、被験者が現れるのを待っていた。何のトレーニングも受けておらず、知識もない者が、がん患者というだけで行けるほど、宇宙はあまくない。君自身が、一番、そう考えていたんじゃないのか？」

理事長の言葉に、ぼくはうなずいた。

「私が被験体であれば、あのとき違う判断をしたかもしれないのに……」

「あれが最終審議だった。君が賛成票を投じたら、この実験は行わないことを決めていた」

「なぜですか？」

「君が賛成だったら、それは、生きて地上に戻ってくる困難さを忘れている証左だ。でも、君はそれを覚えていたから、トレーニングを受けていない患者を被験者にするのは危険だと判断したはずだ」

気持ちの整理が進んで、ぼくは何も答えなかった。

「去年、君の症状が分かった段階で、君を外して倫理委員会は結論を出していた。君にキャスティングボートを委ねる、という結論をね」

「私のがんは、いま、どれくらいなんですか？」

　ぼくは彼に訊く。

「ステージIだ。腫瘍の切除を三ヶ月遅らせるのは申し訳ないが、こちらでは、その後でも命への影響はないと判断した」

「知らなかった」

　ぼくは、そう言うことしかできなかった。理事長との会話が終わるのを待っていた友人のひとりが、腕時計を差し出す。

「宇宙に行くお祝いだ」

　それは、オメガのスピードマスターだった。ぼくは、それを受け取るべきなのだろう。

「でも……」

「船外活動は今回のプログラムにないが、ぼくたちからのお祝いだ。受け取ってくれ」

　ぼくは、ためらいながらも、二十七年間、ほとんどはずすことのなかった腕時計のバンドに手をかける。もともとスペースシャトルに乗るときがくれば、はずすことを想定して贈られた腕時計だ。けれども、ぼくは、使い慣れた腕時計をはずせなかった。

「ありがとう。操舵室に乗り込んだら付け替える」

友人から腕時計を受け取り、それをスペーツスーツの胸ポケットに入れる。

ぼくは、ふたつの嘘《うそ》をついた。

ひとつは、友人から贈られた腕時計に付け替えるつもりはなかった。ただ、彼らの厚意を無下《むげ》に断れなかっただけだ。

もうひとつは、被験体が宇宙飛行士のトレーニングを受けた者であろうと、非公開実験であるかぎり、あの倫理委員会で、ぼくは反対票を投じた。その結果が、論文等によって公表されなくても、精度の高い実験は同業者に自然とひろがる。一度でも秘密裏に人体実験を行えば、科学者や製薬会社たちの欲求は際限がなくなってしまう。一方で、ぼくのように宇宙に行きたくても行けなかった者は、自らの身体に病原体を埋め込むことを躊躇《ちゅうちょ》しなくなるに違いない。自分が出席した二月の倫理委員会が茶番であったとしても、反対票は、ぼくの正義だ。けれども、被験体が自分自身だったので、その正義に目をつぶった。

そして、夢から覚めた。


ロケットの発射は、無事に成功した。発射から六時間後、計画とおりにISSに運搬船がドッキングする。ぼくは、オペレーションルームの後方で、友人たちとそれを見届け、基地内の食堂でスパークリングワインをあけて祝杯を交わした。

翌日、カザフスタンから東京への帰路につく。ロケット発射基地にいる間、ぼくは、基地内の原子時計で腕時計の時間を確認していた。一週間の間、その時計が遅れることはなかった。

日常に戻り、ぼくは事務方としての仕事を続ける。ときどき、ISSで人体実験が続けられていることが気になったが、十月のH2Aロケットで通信衛星を運ぶ決裁に追われた。

東京に戻ると、腕時計は、また少しずつ遅れていく。五秒の日もあったし、七秒のときもある。そして、徐々に七秒以上遅れることが多くなっていく。

実家から封書が届いたのは、カザフスタンから戻って二ヶ月が経った七月だった。封筒には、両親からの手紙はなく、絵葉書が一枚入っている。シルクロードを進むラクダの隊列が描かれたそれは、ぼくが、カザフスタンのアルマトイ空港で桃子のために購入したものと同じだった。桃子から葉書が届いた話は聞いていなかったので、ぼくは、自宅と実家の住所を間違えて書いてしまったようだ。けれども、葉書を裏返すと、そこに自分の筆跡はない。

『君より先に宇宙に行くことになりました　15/05/2019』

旧《ふる》いガールフレンドからの短いメッセージを読んで、その日以来、腕時計の遅れを直していない。時間を確かめたければ、パソコンの画面を見ればいいし、席を離れているときは携帯電話を見れば済む。腕時計がぼくのいる世界の時間を進んでいなくても、日常生活で不自由することはなかった。それでも、ぼくは、この腕時計をはずさないだろう。

夢の中で自分の正義を貫けば、この時計は精確な時間を刻んでいたかもしれない。あの砂漠の基地で見た鮮明な夢は、小さな腫瘍のように、やがて、ぼくの身体を蝕《むしば》んでいくのだろう。

この腕時計は、二十七年間、そして、いまも彼女に忠実だった。

彼女の時間が遠ざかっていく。

この物語はフィクションです。登場する人物・団体・名称等は架空であり、実在のものとは関係ありません。

参考文献

『智恵子抄』（高村光太郎著）
『軍用ドローンの脅威』（イカロス・ムック／二〇一九年）
『日本国憲法改正草案』（自由民主党／二〇一二年）
米国国防総省　指令No.3000.09（二〇一二年）
『スペースシャトル　その成功と挫折』DVD（NHKエンタープライズ／二〇一二年）
『時計の科学』（織田一朗著／講談社ブルーバックス／二〇一七年）

解説

瀧井朝世

自分なりの理想や倫理、正義を持っていても、それをまっとうすることが難しい時は誰にだってある。それでもなんとか〝正しく〟あろうとした時、その人にはどんな葛藤《かっとう》が待ち受けるのか。

本作『彼女の知らない空』は独立した短篇《たんぺん》七編を収録した文庫オリジナルの短篇集。収録作は五作が小学館の雑誌「きらら」に二〇一九年一月号から二〇二〇年二月号にかけて掲載されたもので、「閑話《かんわ》─北上する戦争は勝てない」が書下ろし、「彼女の時間」が「S‐Fマガジン」二〇一五年十月号に掲載された作品だ。

著者の早瀬耕《はやせこう》は、一九九二年、大学の卒業論文をベースにした『グリフォンズ・ガーデン』（現・ハヤカワ文庫JA）でデビュー。テクノロジーや哲学の情報や知識を巧みに駆使しながら、現実と仮想現実における恋人たちの姿を描いて高く評価されたものの、その後著者は長らく沈黙。それから実に二十二年経《た》って発表された長篇小説が『未必のマクベス』（同）で、こちらが話題に。その後二〇一八年に『グリフォンズ・ガーデン』の続篇といえる連作集『プラネタリウムの外側』（同）

を発表、そして四冊目となるのが本書である。

著者の名前を世に広めることになった『未必のマクベス』は、IT企業に勤める主人公の男が、出張の帰りに立ち寄ったマカオで食事をともにした娼婦《しょうふ》から「あなたは、否応なく、王として旅を続けなくてはならない」と告げられる。彼はやがて香港の子会社に代表取締役として出向を命じられ、そこから思わぬ運命の渦に巻き込まれていく。巧みなストーリーテリングのなかで浮き彫りにされた人生の分からなさ、ままならなさ、過去の恋の感傷、数奇的なめぐり合わせ、ちりばめられるウィットや、文学やテクノロジーの知識と情報。そんな著者の筆力と魅力は、本書でも存分に発揮されている。

収録されている短篇はひとつひとつ独立した話となっている。同じ人物の名前が出てくるなど、緩やかな関連性を感じさせる部分もあるが、そのあたりの解釈は読者に委《ゆだ》ねられるだろう。

「思い過ごしの空」は、同じ化粧品会社に勤める夫婦の話。同期入社の彼らだが、夫は本社勤務、妻は別の場所にある研究・開発部門勤務。世界情勢が不穏ななか、妻は「非国民って罵《ののし》られても、徴兵を拒否して、ふたりでつましく生きていこうね」と語る。もちろん戦争反対の立場であるが、しかし夫は妻の関《かか》わる研究がある軍事関連に〈スピンオン〉されることを知ってしまう。

「彼女の知らない空」は、航空自衛隊に勤務する男の話。憲法九条が変更され、日本の軍隊に交戦権があることが否定されなくなってからはじめての冬、仲間は海外のPKOに派遣される。彼は日本に留《とど》まったわけだが、妻には言えない重要な任務についている。

「七時のニュース」は、企業に勤める五十二歳の男が、取引が打ち切りになった会社の役員に挨拶《あいさつ》するために中国の大連《だいれん》に赴く。実は彼には別の目的もある。大連で常宿としていた古いホテルに泊まると、なぜか夢の中で昔の恋人に会えるのだ。一方、妻とは冷戦中。というのも彼女は、彼が採用試験の面接官をつとめた際、憲法改正反対のデモの中心人物だった学生を不採用としたことに怒っているのである。

「閑話—北上する戦争は勝てない」は先述の通り書下ろしの一作で、長時間労働で心身に不調をきたして休職中の妻が、大手町《おおてまち》でホームレスらしき男にある人の骨を大連に届けてほしいと頼まれる。不思議な現象が起きる内容だが、「七時のニュース」に続いて大連が出てくること、さらに次の「東京駅丸《まる》の内《うち》口、塹壕《ざんごう》の中」にも東京駅丸の内（つまり大手町近辺）にいるホームレスが登場し、さらに長時間労働の問題が扱われることから、二作の橋渡し的な存在になっている。

「東京駅丸の内口、塹壕の中」は、早朝の東京駅丸の内北口の地下にある喫煙所に寄ることを習慣とする男が、そこでホームレスと会話を交わすように。彼は会社では多忙を極めていて、眠るたびに自分が出征して戦地の塹壕の中などにいる夢を見る。過重労働で疲弊していく現実の自分と、戦場で過酷な状況に追い詰められていく自分が、いつしかオーバーラップしていくのだ。

「オフィーリアの隠蔽《いんぺい》」は「思い過ごしの空」と同じく化粧品会社の話で、こちらは広告のプロジェクトに携《たずさ》わる青年が主人公。プロモーションに起用するはずだった女優のスキャンダルが発覚、事後処理に追われる。仕事相手である代理店の若手女性が未熟すぎるため、彼は女性上司に相談するのだが……。この上司、深田《ふかだ》課長がとても魅力的！　主人公とのシェイクスピアを引用しながらの機知に富んだ会話も楽しいが、取引先の仕事ができない若手を無下にしない心遣いと難局を乗り越える聡明《そうめい》さに惚《ほ》れ惚《ぼ》れとする。こういう人間が各企業の各部署にいてくれたら、世の中もっと良くなるのではないか、とさえ思ってしまう。

「彼女の時間」はかつて宇宙飛行士を志望してＮＡＳＡに派遣されたものの挫折《ざせつ》し、帰国後は宇宙開発事業団で事務職についた男が主人公。アメリカに出発する際に当時の恋人からもらった機械式腕時計を今も大事に持ち、宇宙への夢をかすかにまだ心に秘めているらしい彼だが、ある日倫理委員会に招集され、驚きの実験計画を聞かされる。

どの短篇も、意外性に満ちた設定や展開だけでなく、ディテイルで登場人物の人柄を表していく細やかさ、多分野の知識や香港のデモなどの時事問題を無理なく物語世界に溶け込ませる描写力、ささやかなエピソードや会話の巧《うま》さが物語世界に膨らみと奥行を与えている。寡作とはいえ、手練《てだ》れの企《たくら》みに満ちた作品群。

全体を通しての特徴は、まず、どれも〈大きなもの〉のなかでの個人の無力さが描かれている点だ。憲法を改正した国家、企業や自衛隊といった組織の方針、SNSなどで広まる世論、そして科学技術や医療技術の発展。そうしたもののなかで、戦争に加担したくない、人を殺したくないといった正義や倫理観が揺らぐこともあれば、いつのまにかの過重労働が精神を蝕《むしば》んでいる場合もある。また、まっとうに仕事をしているのに、有名人のスキャンダルというトラブルに右往左往させられてしまうケースも。

戦争の気配が色濃く出ている短篇が多いのも特徴だ。一見戦争とは無関係の「七時のニュース」や「閑話―北上する戦争は勝てない」でも、話に出てくる大連といえば日露戦争の戦地であり、一時期日本の租借地だった場所だ。また、「閑話〜」の妻の祖母である芹奈《せりな》という女性をはじめ、たびたび主要人物の祖父母に関する記述があるが、彼らは戦争を知っている世代だ。そうした描写の積み重ねにより、読み手は、戦争があった時代を経て今の自分たちがおり、そしてまた戦争の気配のある時代に突入していることを実感させられる。本作が近未来ものというよりも、明日の日本という気がしてくるのだ。確かに登場人物たちが直面する理不尽さ、そこで感じる歯がゆさは、現代の自分たちにも大いに共感できるものではないだろうか。そして自分たちも、知らないうちに、否定したい何かに加担させられているのではないか、企業倫理や社会の常識に洗脳されているのではないか、無意識のうちに大事なことを見て見ぬふりしてしまっているのではないか、という気にさせられてしまう。

抗《あらが》いようのない〈大きなもの〉に対して、人はどうしたらいいのか。印象的なのは、「七時のニュース」で、主人公の妻が言及するルイ・ヴィトンの広告の日本語コピーだ。これは二〇〇七年に実際に発表されたもの。

〈なぜ人は旅をするのか。世界を知るため？　それともそれを変えるため？〉

この世界のことを、隣人のことを、知って満足するのではなく、良い方向に変えようとすること。そんな思いを受け取ることができる。個人じゃ何もできないという嘆きや絶望が本作のメインテーマではないのだ。小さな、本当に小さな一歩かもしれないが、ここに登場する人々はみな、人とどう誠実に向き合うかを懸命に試みている。夫婦であれ、会社の同僚であれ、素性も知れないホームレスであれ、身近な人間、自分とは異なる人間にどう歩み寄り、接していくか。他人だけではない。自分自身とどう向き合うかも重要だ。〈大きなもの〉は自分ひとりでは変えられない。でも私たちの日常は世界に、未来に繫《つな》がっている。ままならない現実のなかで自分を見つめ、周囲との関係をなんとか立て直し、あるいは持続させていこうとする彼らの姿は健気《けなげ》でいじらしく、時に頼もしく、時に微笑《ほほえ》ましい。だからこそ、じわじわと沁《し》みてくるのだ。こうした公正でフラットな視点も本作の魅力のひとつであり、また、著者の描く世界がまた一段広がったと感じさせる点である。

それにしても、早瀬耕はなぜこんなに寡作なのだろう？　しかし、二〇一八年、二〇二〇年と新作を発表したことを考えると、ここ最近は執筆活動が比較的活発な印象がある。また近いうち（少なくとも二十二年も待たないうち）に新作が読めるのではないかと期待してしまう。だって、今読む価値のある作家なのだから。

（たきい・あさよ／ライター）

本書のプロフィール

本書は、左記の雑誌に掲載された作品を収録した短編集です。

初出
「思い過ごしの空」「きらら」二〇一九年一月号
「彼女の知らない空」「きらら」二〇一九年二月号
「七時のニュース」「きらら」二〇一九年九月号
「閑話—北上する戦争は勝てない」書き下ろし
「東京駅丸の内口、塹壕の中」「きらら」二〇一九年五月号
「オフィーリアの隠蔽」「きらら」二〇二〇年一月号・二月号
「彼女の時間」「SFマガジン」二〇一五年十月号

小学館文庫

彼女《かのじょ》の知《し》らない空《そら》

著者　早瀬《はやせ》　耕《こう》

二〇二〇年三月十一日　初版第一刷発行

発行人　飯田昌宏
発行所　株式会社 小学館
〒一〇一-八〇〇一
東京都千代田区一ツ橋二-三-一
電話　編集〇三-三二三〇-五六一六
　　　販売〇三-五二八一-三五五五
印刷所――――――凸版印刷株式会社

この文庫の詳しい内容はインターネットで24時間ご覧になれます。
小学館公式ホームページ　https://www.shogakukan.co.jp

ISBN978-4-09-406753-8